魔界都市〈新宿〉

# 騙《だま》し屋《や》ジョニー

菊地秀行

SONORAMA
NOVELS

ソノラマノベルス

イラスト／末弥　純

# 目次

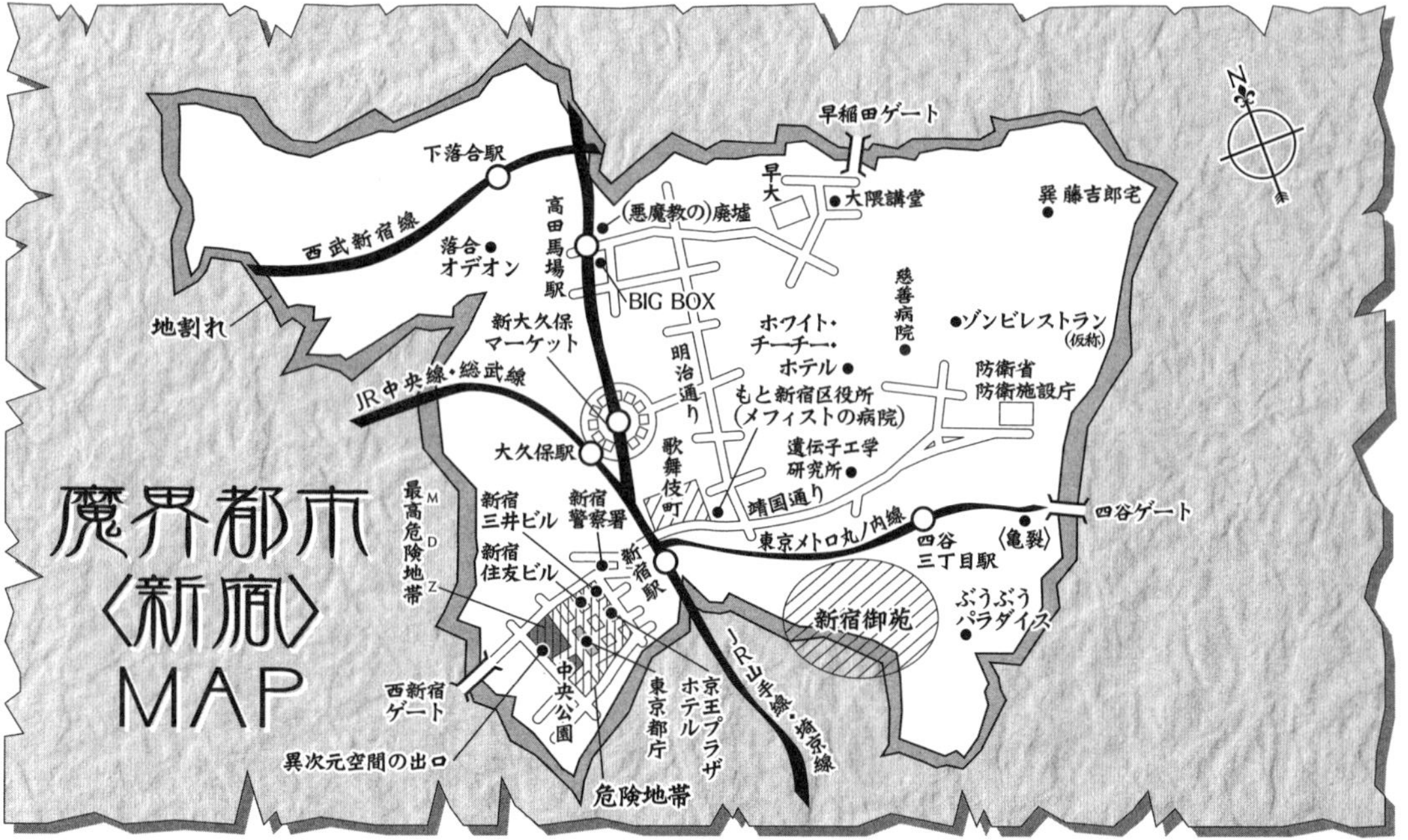
魔界都市〈新宿〉MAP
N
早稲田ゲート
下落合駅
西武新宿線
地割れ
高田馬場駅
(悪魔教の)廃墟
落合オデオン
BIG BOX
早大
大隈講堂
巽 藤吉郎宅
慈善病院
ゾンビレストラン(仮称)
新大久保マーケット
ホワイト・チーチー・ホテル
明治通り
防衛省 防衛施設庁
JR中央線・総武線
もと新宿区役所(メフィストの病院)
大久保駅
歌舞伎町
遺伝子工学研究所
靖国通り
最《M》高危《D》険地帯《Z》
新宿三井ビル
新宿警察署
新宿住友ビル
新宿駅
東京メトロ丸ノ内線
四谷三丁目駅
〈亀裂〉
四谷ゲート
新宿御苑
ぶうぶうパラダイス
西新宿ゲート
中央公園
東京都庁
京王プラザホテル
JR山手線・埼京線
異次元空間の出口
危険地帯

# 騙し屋ジョニー

# 第一章　新人登場

## 1

二〇三一年二月二日、午後八時ジャスト。

この若いの酒癖《さけぐせ》が悪いな、とバーテンはひと目で見抜いた。

まずい。相手も見抜かれたと気づいたようだ。カウンターの向こうから、じと眼でこちらを睨みつけてやがる。

背は高からず低からず、イカつい顔つき身体つきだが、なかなかの男前《おとこまえ》だ。

隣《となり》についたホステスも、明らかに作り笑いを皮膚《スキン》の下に充塡《じゅうてん》しつつ、

「あら、〝騙《だま》し屋《や》ジョニー〟みたいな坊《ぼう》やね」

と声をかけてきた。目下《もっか》、日本一のお世辞《せじ》だ。某テレビ局連続冒険ドラマ『騙し屋ジョニー』は、三カ月前の放送開始と同時に、日本国民の眼を釘《くぎ》づけにした。八五パーセントという空前絶後《くうぜんぜつご》——多分——の視聴率が平均値だったため、ジャーナリズムからは、

「午後八時の陰謀《いんぼう》」

と呼ばれている。政府が番組を仕組み、国民をロボット化するための催眠《さいみん》テクニックの実験を行っているというのだ。

主人公の通称〝ジョニー〟は、正体不明の天才詐《さ》欺師《ぎし》だが、狙うのは悪党のみ。毎回美女に惚《ほ》れられるものの、見向きもせずに仕事に精を出し、その内

容に現実の社会問題がさりげなく含まれているところも、視聴者の喝采《かっさい》を浴びた。演じた俳優は全くの新人だが、今風の洗練されたイケメンぶりと、時折表す野性味とが見事にマッチし、人気はうなぎ登り。すでに次の番組のギャラは、百倍を超えると噂《うわさ》されている。

おまけにキャラクターの年齢設定が十九歳と低いため、小学生から大学生までが男女を問わずメロメロで、ジョニーに似ていると言われた男は、小遣《こづか》いの値下げから、親の気に入らないガールフレンドと手を切るまで、なんでもOKだ。

学生服姿の客も、思わず背筋を伸ばして、口元に自身満々の笑《え》みを浮かべた。

まだ餓鬼《がき》ね、という内心のつぶやきを封印して、ホステスは、

「ねえ、なんにする?」

と訊いた。

ジンフィズと応じてから、その客は咳払《せきばら》いして、また背筋を伸ばした。

バーテンの手がシェーカーを躍らせて、テーブルにトン、とグラスを置くまで十秒とかからない。

面白くもなさそうにひと口すすって、客はグラスを置いた。

「なんだよ、これサイダーじゃねえの」

「仕方がないやね」

とバーテンが、シェーカーの中身を流しに空《あ》けながら言った。

「あんたまだ高校生だ。いくらここだって、本物は出せないぜ」

「なんだと、この野郎」

客はかん高く喚《わめ》いてから、右手を振った。

袖口《そでぐち》から飛び出したのは木刀であった。

それをホステスの喉元にあてがい、

「てめえら、五カ月前にレヴィー・ラーと戦って〈新宿《しんじゆく》〉を守り、二カ月前にバビロンの空中庭園を破壊して〈新宿〉に平穏《へいおん》をもたらした十六夜《いざよい》京也《きようや》の名前を忘れたか？　世界はおれに感謝しろ。アルコールくれえなんだ。ケチケチすんな」

「あら、君、十六夜くん？」

ホステスが両手を胸前で組み合わせた。眼がかがやいている。

「おお」

と客——京也はうなずいた。ホステスは木刀も忘れて、

「あたし、亀戸東《かめいどひがし》高二年の紀香《のりか》っていうの。会えてうれシー。サイコー。ね、お店終わってから、いーわよ」

「お店が終わってから——いい!?」


京也は飛び上がった。バーテンが苦笑に顔をまかせたとき、店のドアが勢いよく開いて、真っ赤な塊《かたまり》が転がり込んできた。

店内に緊張が走ったのは、近頃、ホームレスや不良少年どもの「ワンショット・ラバー」——即席強盗が横行中《おうこうちゆう》だからだ。単なる通行中に突然思いついて、手近の家や店舗《てんぽ》に押し入る強盗《ラバー》たちは、その凶暴性でトーキョー市《シテイ》中を震撼《しんかん》させている。

だが、今床の上でもこもこ蠢《うごめ》いている塊は、どう見てもそんな負の迫力とは無縁なユーモラスぶりであった。

驚くべきは、ほとんどダルマだと思っていた塊から、別の塊が二個分離して床に触れたことである。

「足だ」

と客のひとりが、変声期みたいな得体《えたい》の知れぬ声でつぶやいた。

すると、その塊の後ろから別の――もっとでかい塊が生じ、よっこらしょという声とともに床につくや、塊全体をもこりと持ち上げたのである。

「あれが足だわ」

とホステスのひとりが、異様に若い声で叫んだ。

「最初の方は腕よ」

正解だ、とでもいう風に、その塊はぶるんぶるんと震え、たちまち団子《だんご》を三つくっつけたような腕になった。端のひとつがミットみたいな手に化けるのを、店内の全員が呆然《ぼうぜん》と見つめた。

手足をつけた団子のてっぺんから、ぽん！　と丸パンのような顔が現れたとき、一同はああと呻《うめ》いた。父親に引きずられていく悪戯《いたずら》っ子《こ》のように全員が後《あと》じさったのである。

バーテンが、うんざりしたように、

「何しにきたんだ、おまえ？」

と訊く先で、ついに正体を現したデブは、

「外谷《とや》です」

と言った。

「わかってるがよ」

とバーテンは汚いものでも見るように顔を歪《ゆが》めつつ、しかし、すぐに疑問の形に眉《まゆ》を寄せた。

「おまえ、外谷順子《じゅんこ》じゃねえだろ？　肥太子《ぼてこ》とも違うな？　どいつだ？」

「ふたりの母よ、外谷良子《よしこ》」

「とうとう、おふくろの出番かよ」

バーテンと他の連中の顔には、死相に近いものが油のように浮かんでいた。

「何しにきたか知らねえが、なんで団子に化けて入ってきた？」

「劇的効果を狙ったのだ」

と、デブは胸を張った。そっくり返ると、頭が消えて球体に近くなる。こういうのばかりが狭い道をうろついていたら、どいつもこいつもぽこぽこ弾《はじ》けてまわる、悪夢のような世界が現出するだろう。

外谷順子は、目白《めじろ》のバー『外谷順子の檻《おり》』のママであり、肥太子はチイママである。トーキョー市指定の店だから、高校生もしょっちゅう顔を出し、体重一五〇とも二〇〇とも噂《うわさ》される姉妹コンビを見物して帰る。

姉は札つきの不良学生やその兄貴分のやくざを素手でぶちのめし、妹が玄翁《げんのう》で殴ってとどめを刺す――その数ざっと三百といわれる剛《ごう》の者だから、親の顔が見たくないという連中ばかりだったが、ついに今日、その姿をこの店に現したというわけだ。

しかし――なぜ？

「そんなに目立ちたいかね？」

とバーテンが訊いた。

「座ってるだけで、十分目立つけどなあ」

「うるさい」

と外谷良子は地鳴りするような声で吐き捨てた。

脂肪《しぼう》ぷるるんの外見からは想像もできない迫力は、粘土《ねんど》の彫像《ちょうぞう》を思わせた。

空気も逃げ出すような目つきで周囲を見まわし、

「十六夜京也って子がいるはずだよ」

と凄《すご》んだ。

なぜか、京也はそっぽを向いた。同伴《どうはん》ＯＫのホステスは、それを、こんなデブを相手にしてられるかという男の矜持《きょうじ》と見て、感動した。

「この人」

と叫んで指までさしたのは、悪夢のようなデブを追い出すところを見たかったからだ。

「おお」

とひとつ膝《ひざ》を叩いて、外谷はのっしのっしと近づいてきた。真っ赤なワンピースは、毛布のように見える。悪夢のミニスカだ。

「ななななんだよ？」

京也は明らかにためらいを見せた。右手の木刀を胸に引きつける姿は怯《おび》えているようだ。

その眼の前に、芋虫《いもむし》のような指を突きつけて、

「あんた十六夜京也――なら、これをお払い」

毛布の胸のあたりに片手を突っ込むと、一枚の事務用封筒を、京也の鼻先に突きつけた。

表面に何か書いてある。それに眉を寄せて、

「え――っ!?」

と京也は眼を剝《む》いた。声は赤かった。

「婚約証明書ぉぉぉ〰〰?」

「うちの娘と結んだだろ？　それを破棄《はき》した以上、ここに書いてある条件どおりにしてもらおうじゃないの」

「おい」

とバーテンが小さく声をかけた。

「何やらかしたのよ？」

とホステスが訊いた。他のホステスと客たちは、露骨《ろこく》にこちらを向いたまま、ヒソヒソやらかしている。

「なな何も！」

と京也は無実の死刑囚《しけいしゅう》のごとく抗弁《こうべん》した。

「おれはそんなものつくった覚えはない。大体、娘ってどっちだ？　どっちも怪物じゃねえか」

「失礼ね。順子よ」

「『外谷順子の檻』のママかよ。てめえの娘がいくつになると思ってんだ!?」

「三十八だね」

「体重は？」

「一〇〇とちょい」

「一〇〇と五五だ、馬鹿野郎」

京也は木刀を持っていない方の手で、テーブルを叩いた。

「おれは十八で六五キロだぞ。二十歳と九〇キロ違うんだ。何が哀しくてそんな女と婚約せにゃならん？」

もっともだとうなずく一同を見まわしてから、棒立ちの女団子へ、

「わかったか？　それをこしらえたのは、おれの名を騙《かた》った悪党だ。おれとは関係ない」

「なくても十六夜京也があんたで、サインにそうある以上、約束は守ってもらうよ。まず、娘との婚約破棄料として、お詫びの印の五千万円と月々五百万円の生活費」

「暴利だ」

「あと、細かいところは、あんたが持ってるもう一通の方をお読み。まさか——失くしたんじゃないだろうね」

「ピンポーン」

その顔面にびしっと封筒を叩きつけ、外谷良子はドアの方を振り返った。

「入っといで。仕事だよ！」

よく振ったラムネの中身みたいに店内へ広がったのは、十人近い人影であった。

どいつも凶暴ですという名札をごつい顔につけている。

「本物のヤーさんよ」

と外谷はのけぞり返って笑った。

客とスタッフの眼が唸《うな》りをたてて京也に向けられ——驚きに見開かれた。

「やくざが一ダースか。甘く見られたな」

京也は憫笑《びんしょう》さえ浮かべていた。

ひょい、とスツールから下りて、店の中央へ進む。客たちが逃げ出した即製の無人地帯に立つと、彼は木刀をひと振りした。びゅっというその凄《すさ》まじさに、やくざどもの自信に満ちた薄笑いが消えた。

「おい、紀香」

と色っぽいホステスへ呼びかけた。

「こいつら十秒以内にぶちのめしたら、店外デートはラブホテルだぜ」

だが、店の奥に立ち尽くしている美人ホステスは、強張《こわば》った顔つきを崩さず、嗄《しやが》れ声で、

「大丈夫?」

とつぶやいたきりであった。

「信用ねえな」

と京也は苦笑し、凶暴な取り巻きを見まわした。やくざたちの眼から殺気が消滅した。

「てめえらのおかげで、おれぁ信用ガタ落ちだ。このツケは身体で払ってもらうからな」

先刻ホステスを口説《くど》いていたのは別人としか思えない気迫の炎に全身を包んで、

「さあ、来やがれ。来なきゃこっちから行くぜ」

## 2

最後のひとりが白眼を剝いて足元に吹っ飛んできたとき、外谷良子はおもむろに、左手に食い込んだ腕時計を見た。

「十二秒ジャスト」

「おまえもやるか、デブ?」

つぶれたお握りみたいな顔の鼻先へ、ぐいと木刀を突きつけ、京也は挑発した。一ダースのやくざどもは、思い思いのスタイルで床に転がっていた。

「むむ」

たじたじと後ろへ下がった外谷の頰《ほお》を、脂汗《あぶらあせ》が伝わった。

「その目方――半分にしたるわい。覚悟せえ」

なぜか関西弁になって、じりと京也が一歩出る。

外谷が下がって、顔色を変えた。背中がドアに触れたのだ。

「行くぜ、デブ」

京也が跳躍した。硬直した外谷の頭上へ、はっしと一刀が打ち込まれる。

次の瞬間、店の奥まで吹っ飛んでいた――京也の方が。

カウンターの向こうに吸い込まれた京也を確かめてから、ホステスと客たちの眼はドアへと注がれた。

そして、彼らは開け放たれたドアの前にへばったデブと、おかしな表情でそこに立つ若者を見たのである。ダッフルコートにジーンズ姿の彼は、右手に木刀を握っていた。京也の一刀を受け止め、なかんずく一〇メートルも弾き飛ばしたのは、この一刀であった。だが――どうやって？　彼は――何者だ？

「ドアが開かないと思ったら」

と新人は感慨深そうに足元のぶうを見つめ、それからカウンターへ、

「やっぱ、ここにいたか、風間《かざま》」

答えはわかってるぞ、という口調で訊いた。

ホステスのひとりが、あらン、いい男と漏《も》らしたほど、ハンサムというより男臭い顔立ちであった。身長も身体つきも人並みだが、全身から滲《にじ》み出る気は不思議な清涼《せいりょう》さがあった。

カウンターの向こうから、京也の呻《うめ》き声が聞こえた。

「危《や》べ。何しに来た、十六夜？」

あっ。

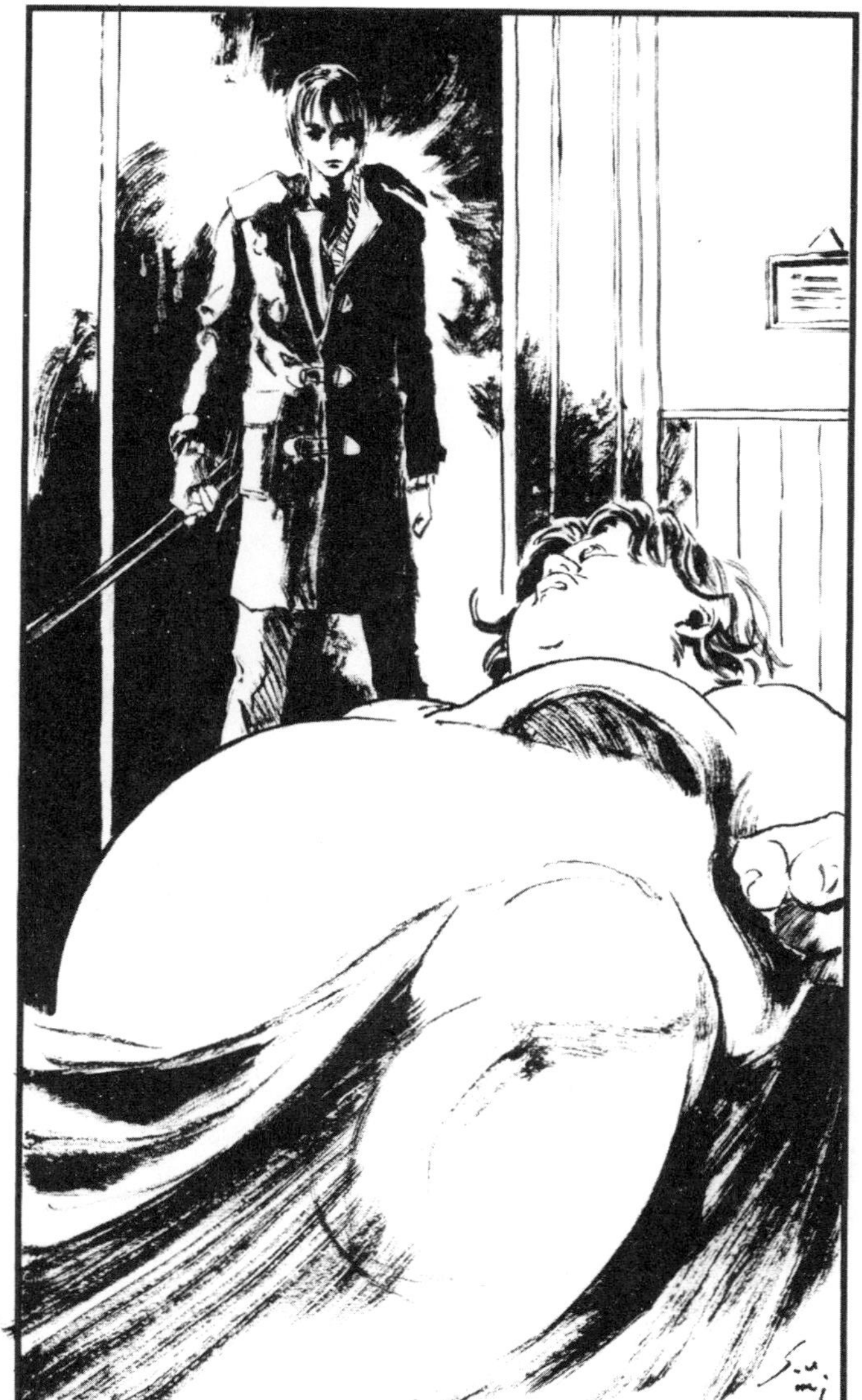

真実に気づいた人々の声が店内を巡った。

「大丈夫スか？」

とぺったんこのデブに手を貸して起き上がらせてから、

「何処《どこ》へ行く？」

太いが刃《やいば》のような鋭い声に、カウンターから抜け出して裏口へまわりかけていた偽者――風間の動きがぴたりと止まった。

「ちょっと、銭湯《せんとう》へ」

「まあ、かけろや」

と新人――本物の十六夜京也は、手元の椅子《いす》を引いた。先にデブが座り込んだ。てんこ盛り状態で、

「ほら、これ」

と封筒を持ち上げた。

「なんだい？」

「婚約破棄に関する契約だよ」

と風間が言った。

「かけろ」

もうひとつ引かれて、彼はしぶしぶやってきて、腰を下ろした。それから、何げない風に、

「おまえ、何しに来たんだ？」

と訊いた。

「近頃、おれの幽霊が『学生バー』へ出没しては、ホステスの子を引っかけたり、おれの名を騙ってただ飲みしてるらしい。で、退治に来たのさ」

「頑張れ」

「うるさい。おまえがどうしても念法《ねんぽう》が習いたいと言ってたのは、こんなことのためか？　恥《はじ》を知れ、この馬鹿」

「随分《ずいぶん》と言ってくれるじゃねえか。おまえ、おれの友だちだろ？　なのに、おまえは世界を救った英雄だってって、幼稚園《ようちえん》のベイビーからもラブレターがく

る。ところがおれは、声をかけた女みんなに、フン、だ。これは民主主義の敵だ。で、おれは平等のセオリーを実現するために——」

「うるせえ」

ひと言で本物は偽者を沈黙させた。彼は床に点々と散らばる孤島《ことう》のようなやくざたちを見まわし、

「なまじ剣道の腕が立つから覚えが早そうだと、面白半分で教えたおれも悪かった」

「うむ、そうだ」

とうなずく風間の椅子を蹴飛ばして、当人もろともひっくり返し、

「まともにやってりゃ、〈新宿〉の大物妖物《ようぶつ》にだってヒケを取らねえ腕になれるものを、おかしな方へ使いやがって、この馬鹿——」

と木刀を振り上げた。風間が、きゃっと頭を庇《かば》う——その間へ、またも封筒が浮き上がった。

「仕置人やる前にこれ、、」

「なんだい？」

京也は訝《いぶか》しげにそれを受け取って中身を読んだ。

「〝婚約破棄に際して〟——こんなもの書いた覚えはないけどな」

「とぼけるな」

と外谷は邪悪《じゃあく》な細い眼をさらに細くして、

「そこに直筆《じきひつ》のサインもある」

京也はうなずいて、近くの椅子に腰を下ろし、ダッフルコートの内側からボールペンを抜き出すと、サインの横でペン先を躍らせた。

「ほい」

と差し出された契約書のその箇所《かしょ》を一読して、外谷は、

「あれれ」

と唸った。全く別人のサインだったのである。

「違う——しかし、筆跡《ひっせき》を変えたとか」

「そんな器用な芸当はできないし、やれる男じゃないよ、十六夜京也は」

こう言ったのは、バーテンだった。上げた片手には琥珀色《こはくいろ》のグラスが光っていた。それをカウンターに置いて、

「会えて嬉しいね。未成年に酒を出しちゃいかん決まりだが、今回は特別だ。区切りがついたら一杯飲《や》ってくれ。テキサス・バーボンだ」

「どーも」

と京也は微笑を送って、

「残念ながら、アルコールはアウトでね。しかし、名を騙られるなんて、こいつひとりでたくさんだ。おい、風間、おまえの親父《おやじ》さんは警官だったな」

どよめきが店を揺すぶった。

ふてくされた顔で、まあな、とそっぽを向く風間へ、

「おれの名を騙って、ただ酒を飲み歩いたり、女の子を口説いたりした件は帳消《ちょうけ》しにしてやる。代わりに、こっちの奴の正体を突き止めるよう、親父さんを説得しろ」

「しかし、キミ、それは職権濫用《しょっけんらんよう》だろ」

「他人の名前を濫用するのはいいのか？　一生、詐《さ》欺師《ぎし》の烙印《らくいん》をつけて歩きたいのか、え？」

「キョーハクする気か。卑怯《ひきょう》な男だな、おまえは」

「やかましい。やるのかやらないのか？」

こりゃキレそうだと思ったのか、風間は両手を上げた。

「はーい、おっしゃるとおりにいたします、ご主人さま」

自宅へ携帯を繋ぎ、京也の望みを父親に告げると、

風間は苦い顔で、

「オッケーだ」

と言った。

「すぐに調べて連絡してくれるそうだ。ありがたく思え」

「ああ、感謝するぜ」

京也はにやにや笑いながら言った。

風間親子のやり取りは、それは壮絶だったのだ。

この糞《くそ》親父だの、おれの不良化の原因だの、カタブツの変態などと喚《わめ》き散らしているのを見ても、父の方もまた、屑《くず》息子、一家の面汚《つらよご》し等々を連発したに違いない。少しは立ててやるべきだろう。

「ところで」

京也は外谷良子の方を向いて、

「あんたの娘さんにちょっかいを出したおれは、どんな奴か聞いてるかい?」

「すっげーいい男だそうだよ。魂《たましい》まで盗まれたって、順子は毎日、泣き暮らしてるよ」

「外谷のママがねえ」

京也は遠い眼をし、風間が噴き出した。

「何がおかしいのさ」

と良子が怒鳴《どな》った。

「何もかもだ」

と風間がせせら笑った。

「これが笑わずにいられるか。おめえ、自分の娘が、風に揺れる花みたいな良家の子女だと思ってんじゃねえだろうな。やくざも素手でぶちのめす三十貫を超すデブが、毎日泣き暮らしてる? ヘソが茶を沸《わ》かすぜ。いいや、地球最後の日だ。第一よ、おれもこいつも、おめえのデブ娘どもとは顔見知りだ。それがなぜ、騙される? おかしいじゃねえか」

「むむむ」

外谷良子はたじたじとなり、

「それはそのとおりだ」

と京也はうなずいてみせた。

「おれも『外谷順子の檻』ではバイトもしてた。ママもチイママもおれとは顔馴染《かおなじ》みだし、チイママは同級生。おれの名を騙る奴に引っかかるとは思えない」

「ふーむ。そう言われると」

外谷は腕組みした。罪人を裁《さば》く閻魔《えんま》のように見える。堕《お》ちる前に会ってしまったせいか、店のあちこちで恐怖の溜め息が漏れた。

細い眼がじっと京也と風間を見つめ、

「そっちの偽者はともかく、あんたは真っ当な男の子らしいね。どうして、こんなことになったのか、これから順子のところへ行って確かめてみるよ。話はそれからだ。携帯のナンバーを教えてくれるかい？」

「それはいいが——よかったら、おれとこいつも連れてってくれないか？　その方が話が早い。おれもなるたけ早く、スッキリしたいんだ」

「いいともさ」

デブはミットのような両手を打ち合わせた。

3

外谷順子と肥太子の家は、『外谷順子の檻』の二階にあった。

良子が問い詰めると、ふたりはすぐに、ごめんなさいと言い、

「あんまりいい男なもんで、つい名乗った名前をしゃべっちまったのよ」

「訂正しようって気も起きなかったわン」

良子が溜め息をついて、

「どうにも目つきがおかしいと思ったら、これだよ。疑って悪かったね」

と頭を下げた。

「詐欺だとわかった途端、頭にきちまって、この娘《こ》らがまともかどうか、十六夜京也って子がどんな男かも確かめずに飛び出しちゃったんだ。我ながら阿呆だわね」

「全くだ。おまえは年齢の取り甲斐《がい》もないデブだ」

これは風間だったものだから、いい加減にしろよ、と京也が睨みつけておとなしくさせた。

詳しく話を聞くと、半月ばかり前、店に現れた京也の偽者に、姉妹揃ってメロメロになり、財布を忘れたといえば、お勘定《かんじょう》なんかいいのよ。今日は懐《ふところ》が寂《さび》しいとつぶやかれれば、これ持ってってと売り上げを丸ごと差し出す。偽者が顔を出してから三日間で、婚約しよう、いいわよンになり、証明書をこしらえたのがせめてもの理性であった。

しかし、それも最初からとんずらこくつもりだったとすれば、偽者にとっては単なる紙屑《かみくず》。

「今頃はどっかで笑っているだろうさ」

外谷良子の疲れたような声に、全員がうなずいた。

「で、いくら騙されたんだよ?」

楽しそうに揉《も》み手《て》する風間も気にならない風に、外谷順子と肥太子はうっとりと、

「一千万くらい。でも、いいの」

と答えた。まるで一億円も手に入れたかのような、至福《しふく》の笑顔であった。

家を出るとすぐ、風間が笑いを堪《こら》えて、

「あのデブ女ども、『歓《よろこ》びの歌』でもがなり立てそうだったぜ。眼には星がかがやいてる。あれは詐欺

の被害者じゃねえ。詐欺師の崇拝者《すうはいしゃ》だ」

「若いね、あんた」

軽蔑《けいべつ》しきったような外谷良子の言葉に、風間は眼を剝き、京也はうなずいた。

「あれこそ、理想的な詐欺の被害者さ。騙されたのも知らずにああなってるなら、よくある話だけど、ひっかけられたとわかっても、あのざまだ。不幸のどん底にありながら、幸福の絶頂にいられる状態――これ以上巧《たく》みな詐欺があるもんか。あんたの名を騙った相手は、天才だよ」

「『騙し屋ジョニー』みてえな奴かよ」

風間が、うんざりしたように口にしたとき、通りの前方からリーマンとOLの集団らしい塊が、ざわめきとコミで近づいてきた。

そのかたわらに、三人の後方から走ってきたポルシェらしいブルーグレイのスポーツタイプが停まった。

運転席の窓《ウインド》が開き、ドライバーが身を乗り出して、OLのひとりに声をかけた。

道でも訊かれてわからなかったのか、そのOLは仲間たちを呼んで、運転手とあれこれしゃべりはじめた。

ポルシェが走り去ったとき、三人は集団から三メートルまで近づいていた。ポルシェが停まってから走り去るまで二十秒とかかっていない。

七人ばかりの男女は、車道との境目《さかいめ》に立ってこちらを見つめている。

「小母《おば》さん――後戻りしてタクシー拾って帰りな」

と風間が小声で言った。あまりにも何げない風だったので、外谷はすぐには理解できなかった。ようやく、

「どうしたのさ?」

と京也を見た。

「そうした方がいい」

と彼も同意した。

「殺気だ。いきなり敵ができたらしい」

「えーっ？」

外谷良子は、ぽんぽこ腹を叩いた。揺れる揺れる。驚いたり緊張したときの癖《くせ》らしい。

「どーする？」

と風間が訊いた。可愛らしい女子学生を、どっちが先に口説くかという感じだ。

「罪滅ぼしをしてみるか？」

と京也。

「了解」

にやりと笑ってから、浮かぬ顔になって、

「しかし、いきなり殺気か。あの車の奴だよな――だとしたら、とんでもねえ術師だぜ。あー、君たち」

と男女に声をかけるや、それが合図だったかのごとく、七人は一斉に襲いかかってきた。

「一対七だ。やられちまうよ！」

ぽんぽこやる外谷の肩を、京也はなだめるように叩いて、

「出来は悪いが、おれの弟子《でし》だぜ」

その言葉を証明するには、言い終わるまで待つ必要はなかった。拳《こぶし》とハンドバッグを振り上げて襲いかかってきた男女は、すでに全員、歩道にくずおれているではないか。

「あれま」

「傷は負わせてないだろうな？」

京也の問いに、風間は左手を上げてOの字をこしらえた。外谷は眼をぱちくりさせている。どうやってKOしたのかわからないのである。手刀《しゅとう》と拳の突

きでやってのけたとは、京也しか知らぬことだ。

京也が近づく前に、風間はぶっ倒れたOLの腕を取って起こし、スーツの尻《しり》を叩いてから、反対側の掌《てのひら》で、彼女の顔をひと撫《な》でした。

虚《うつ》ろな表情に意思が戻り、OLは大きく身を震わせた。

風間を見る眼にまず浮かんだのは、恐怖だった。

「あ、あたし――」

夢中で離れようとするところをみると、自分のしでかしたことと、これから加えられる事柄を想像してしまったらしい。

「ごめんなさい。ぶたないで」

「豚《ぶた》ならひとりいるがよ」

と風間は誰かに聞こえないようにつぶやいて、

「安心しな。訊きたいことがあるだけだよ」

猫撫《ねこな》で声である。OLは若くて、突き出た胸は重そうであった。

「何よ？」

「あんたらとおれらはなんの関係もないよな？」

「ええ、初めて見る顔よ」

「なぜ、いきなり？」

「わかんなーい」

OLはベソをかいた。たっぷりと媚《こび》を含んだ色っぽい声に、風間は舌舐めずりを堪えて、

「わかんなーいじゃねえんだよ。そのハンドバッグがぶつかったら、おれだってKOされちまう。それだけのことをしたんだ。理由があるだろうが」

「そんな」

OLはおろおろと、それでも記憶を辿《たど》った。助け舟を出したのは京也だった。

「あのポルシェのドライバーになんと言われたんです？」

ＯＬははっと彼の方を向いて、また記憶を辿り、

「そうだわ。美樹《みき》がちょっとと呼ばれて、あたしたちを呼んだ。あのとき……」

かっと眼を見開いて、

「あなたたちを可愛がってやれ、と」

「瞬間催眠《さいみん》か。それも凄い腕だぜ」

風間が、前と同じ感想を漏らした。裏づけを得た分、感嘆の響《ひび》きが濃い。

だが、同意も否定もしない京也の様子を見て、

「どうした?」

と不平面《ふへいづら》をした。

京也はＯＬを瞳の中に留《とど》めて、

「催眠術だと思いますか?」

少し、間を置いて、

「違うような気がします」

「じゃあ、なんなんだよ!?」

風間がキレた。

ＯＬの表情が変わった。眼が潤《うる》み、顔の筋肉全体が弛緩《しかん》する。だらしがない、と思わせないのは、それが心の底から恋する者のかがやきに溢《あふ》れていたからだ。

「――素敵な人だったわ」

ようやく漏れた声は、今にも失神しかねない昂揚《こうよう》にわななないていた。

「あんないい男――ううん、声も、仕草もサイコー。あんな男の人って、ふたりといないと思う」

「気は確かか、このネーちゃん?」

風間が頭の上で人さし指をまわした。

「顔を見てないからなんともいえねえが、いくらいい男だからって、おめェ、ただのリーマンやＯＬにいきなり無関係な人間を襲わせる芸当なんてできるもんかい」

「そうよそうよ」

と外谷良子もうなずいた。

それでも京也は深沈《しんちん》たる表情を崩さない。この若者だけは、〈新宿〉の魔性との戦いに死力を尽《つ》くしたのだ。

「なあ」

と風間が呼びかけた――その瞬間、彼は電光のように振り向いた。

ポルシェが消えた方角から長身の人影がやってきたのである。

グレーに茶の霜《しも》を降らせたトレンチコートに、同じ色のソフトを合わせた姿は、なかなかの洒落者《しゃれもの》らしかった。

一同から五メートルばかり離れた地点で、男は足を止めた。京也や風間より頭ひとつ大きい。二メートルを超える長身と同じくらいありそうな肩幅は、ひょっとしたら、人工の存在ではないかと思わせる人間離れした迫力があった。

「違うな」

と京也はつぶやき、風間もうなずいた。どちらもそう考え、そして否定したのである。

男の全身から妖々と吹きつける鬼気は、紛れもなく生命あるものであった。

風間が何か言おうとしたとき、男はまた歩きだした。

平凡な靴音《くつおと》が、ふたりの間を抜けて遠ざかっていった。

「へっ」

と風間が緊張を解いたのは、足音と――気配が消えてからである。今度は自分の顔をひと撫でして、

「うわ、びしょ濡れだ。なんだ、あのヤロー？　外人だったぞ」

「わからない。だが、鍛《きた》え抜いてるな。身も精神《こころ》も。おれたちが束《たば》になっても勝てる相手かどうか」

　ということは、京也にも闘争の相手としての認識があったのか。精悍《せいかん》な顔にも、風間ほどではないが、うっすらと汗が滲《にじ》んでいた。

「もう二度と会いたくねえが」

　風間は右手を振った。いつ何処《どこ》から抜いたものか、木刀がびゅっと風を切った。

「なんとなく惜《お》しいな。闘《や》ってみたくねえか、十六夜？」

「ごめんだね」

　京也はひとつ息を吐いた。

「なんでえ、だらしのねえ。おれの師匠《ししょう》とは思えねえな。引退しろ、引退。おれが二代目を継《つ》いでやる。しかし、おかしな奴と出会う晩だぜ。――ん？」

　すっと京也が寄ったのである。振りかざした右の手刀が音もなく、風間の首筋へ走った。

「おおっ――と！」

　木刀が撥《は》ね上がって、首と手刀の間に防禦線《ジークフリート・ライン》を引く。止められぬ速度ではなかった。鈍い音をたてて、刀身は手刀に食い込んだ。

「おい!?」

　風間の声は、むしろ低かった。代わりに驚愕の気が天へと噴き上がった。

「おめえの〝念〟、効かねえぞ。一体、どうしたんだ!?」

「おまえのもだ」

　京也は右手を引いて、しげしげと眺めた。ただならぬ様子に、外谷もＯＬも呆然と立ち尽くしているきりだ。

　風間が泣きそうな顔で、

「持ってかれちまったのか、封じられたのか、おれたちゃ丸裸《まるはだか》だぜ。餓鬼《がき》と喧嘩《けんか》したって負けちまう。なあ、元に戻るのか？」

「少し待て」

京也は眼を閉じた。精神集中だ。その姿が妙に白々と染まっていった。

ひっ!?　とＯＬが口元に拳を当てて後じさった。凄まじい精神集中のなす業《わざ》か、十六夜京也の姿は瑠璃《ガラス》のように透きとおっていたのである。

五秒……十秒……月光の下で、不可思議な行為が続いた。

十五秒――京也が眼を開いてうなずいた。

「眉間《みけん》のチャクラが動いた。風間」

「おいよ」

再び京也の右手が走った。

今度は頭上へ。

大空を支えるように斜めに掲《かか》げた風間の木刀へ右手刀《てがたな》が触れた刹那、外谷とＯＬはその場へへたり込んだ。大地が大きく揺れたのだ。地層のあげる叫びまで聞いたような気がして、自分を抱きしめたが、不思議と恐怖感も不快さもなかった。

「あら？」

とＯＬが眼を丸くした。

倒れていた仲間たちが、ひょろひょろと立ち上がったのだ。ひどくすっきりした表情で腰を伸ばし、肩をまわす。大地のエネルギーを吸い込んだようなその姿を見て、

「十六夜念法、復活」

と風間が破顔《はがん》した。

外谷のかたわらでＯＬが、あ？　と漏らしたのは、そのときだ。

「憶い出した。あの人が〃この件が片づいたら、あ

なたにこれを渡してくれ〟って――はい」

　ブラウスの胸ポケットから、一枚の金属片《きんぞくへん》を取り出して京也に手渡した。

　月光と街灯に照らし出されたそれは、黄金のかがやきを放っていた。

「真鍮《しんちゅう》か？」

　と尋ねる風間に、京也は首を振った。

「いいや、純金のカードだ」

「何ィ？」

「ななな？」

　外谷良子が飛んできた。腹が波打っている。

　骨まで食い入りそうなふたりの注視の中で、京也は黄金の薄板の表面に刻まれた文字を読んだ。

「――〝〈魔界都市〉で待ってる。『騙し屋ジョニー』〟」

# 第二章　恋がたき

## 1

「それで、わざわざやってきたのかね？　学校はどうするつもりだ？」

彼以外の誰が見ても痴呆《ちほう》状態に陥《おちい》りかねない美貌《びぼう》の前で、十六夜京也は、

「余計なお世話だ」

と返した。学生服姿である。

「一応、悪性の風邪《かぜ》をひいたので一週間休むとメールを入れてきた。それに――」

「それに？」

美貌の医師は、腰までかかる黒髪を波打たせて身を乗り出した。医師の服とは死んでも思えない漆黒のケープが、ドレープの淡い陰影《いんえい》をつくる。普段は氷さえ凍《い》てつくといわれる冷厳《れいげん》さも、京也に関してのみは、単なるトラブル好きに化けるらしい。

京也は露骨《ろこつ》に顔をしかめて、

「そのカードを見てから三日間、おれは放っておいた。こんな街、二度と来たくなかったからな」

「大層な言い草だな。『慈善《じぜん》病院』にいる誰かが悲しむだろう」

「うるせえ」

「――で？」

京也は気を取り直して、また話しはじめた。ここ〈新宿〉――〝魔界都市〟の象徴ともいうべき黒衣の医師に、事情を話しておくことは、何かと便利に

違いない。それに、京也にはもうひとつ狙いがあった。

「ところが、昨日、〈新宿警察署〉から連絡が入った。おれの名前を騙った詐欺が頻発《ひんぱつ》しているそうだ。幸い、こっちの警察はおれのことを知ってるから、疑いもしなかったけど、被害者があまり簡単に引っかかるので、呆れているらしい。しかも、今言ったような犯人だ。尋問してもちっとも埒《らち》が明かないときた」

「それで当人が乗り出してきたわけか。ところで、詐欺といってもいろいろある。どんな種類の詐欺かね」

静かに自分を見つめる美貌の前で、京也は渋面《じゅうめん》をつくった。

黒衣の医師は待ち続けている。ついに、

「結婚詐欺だ」

と答えた。

「恥《はじ》を知りたまえ」

「おれがやらかしたんじゃない！　おれも被害者だ」

「うーむ」

「うーむじゃないぞ」

「わかった」

と黒衣の医師はうなずいた。

「しかし、その偽者はどうして君の名を騙る？　知り合いかね？」

「顔を見たこともないよ」

「歯を剝くのはやめたまえ」

と黒衣の医師は冷たく言ってから、

「『騙し屋ジョニー』というテレビ番組なら私も見たことがある。つまらんドラマだ。当人はあれから名前を取っているが、君の話からすると、実力は月とスッポンほどの差があるな」

「ああそうとも。いい男は言うことが違うぜ」

言い放ってから、京也はそっぽを向くふりをして、黒衣の医師の様子を窺《うかが》った。変わらない。

「残念ながら、君の言ういい男が、うちへ来たという記録はない。〈新宿〉へ来た人間が全て妖物《ようぶつ》に咬《か》まれたり、不良少年に刺されるとは限らんぞ」

「でも、追われてる」

京也の声に、黒衣の医師は確信を読み取った。

「ほお、あとから登場したトレンチの怪人かね。なぜ追ってるとわかる?」

「タイミングが良すぎる。それに、仲間にしちゃタイプが違いすぎる。あれは殺し屋だ」

「一高校生の意見とは思えんな」

「おれは不幸な学生なのさ」

「〈新宿〉で生命を懸《か》ければ、誰でも君のようになるのかもしれん。何にせよ、知らぬ仲ではない。協力は約束しよう」

「じゃ、ひとつ頼む」

今度は京也が身を乗り出す番であった。

「何かね?」

「〈新宿警察署〉の上層部に働きかけて、おれの動きを一切束縛《そくばく》しないよう伝えてくれ。勿論《もちろん》、おれが殺されかかっても手を出す必要はない」

「伝えよう」

天与《てんよ》の美貌がうなずいた。

「ありがとう、助かる」

京也は立ち上がった。

「おれは〈歌舞伎町《かぶきちょう》〉の安ホテルに泊まる。あとでまた連絡するよ」

「危ない目に遭《あ》ったら、私の名前を出したまえ」

「喜んでそうさせてもらうぜ、ドクター・メフィスト――効きそうだ」

そして、彼は静かにドアを開けた。

京也が立ち去ってきっかり三分後、黒衣の医師は電話機を取り上げて、あるナンバーをプッシュした。

相手が出ると、

「こちらはドクター・メフィストだ。今、彼が来た。準備を整えたまえ」

これだけで受話器を置き、インターフォンに向かって、

「次の方」

と告げた。

その声も美貌も、今までの出来事など一億年の過去へ葬《ほうむ》り去ったかのように、冷たく穏やかなものであった。

病院を出ると、

『おまえは阿呆だ』

と言われた。

頭上を振り仰ぐ眼に、宣伝用飛行船の船底が映った。

発光体を貼《は》りつけた船腹《せんぷく》に、〈区外〉でも人気のあるグラドルのビキニ姿がかがやき、刻々と色とポーズを変えたかと思うと、突然、下方を指さし、

『呪《のろ》われてしまえ』

『神の裁《さば》きを受けろ』

などと親父の声で絶叫《ぜっきょう》するのだった。狂信的宗教団体が飛ばしているらしい。

「うるさい」

と罵《ののし》ってから、京也は『メフィスト病院』前の通り――〈旧《きゅう》区《く》役所《やくしょ》通《どお》り〉を左へ折れた。あと二〇メートルも行けば〈歌舞伎町〉へ足を踏み入れる。

最初の信号を、『風林会館《ふうりんかいかん》』を右手に見つつ左へ折れても、罵倒はついてきた。

『悔《く》い改めよ、変態高校生』

と連呼され、気づいた通行人に盗み見されて、怒鳴りつけてやるぞと、底に張りついている操舵室《そうだしつ》を睨みつけた。

『よお、十六夜京也』

と若々しい声が降ってきた。

反射的にグラドルを見上げると、こちらに変化はない。

『そんな怖い顔をするなよ。睨みつけても飛行船は落ちないぜ』

親しげな口調であった。

「誰だ、おまえ——ジョニーか？」

『そ。騙し屋さ。会うのは二度目だが、やっぱカッコいいな』

「おれは一度もおまえの顔を見ていない。降りてこい」

『やだね。怒ってる』

「当たり前だ、この詐欺師野郎！」

と京也は怒りを込めて叫んだ。通行人が棒立ちになる。ひっくり返る奴もいた。

「どういうつもりで、おれの名前を騙る？　おまえ何者だ!?」

『だからジョニーだよ。本名・年齢不詳、無職』

「何が無職だ、この野郎。結婚詐欺師じゃねえか」

『失礼な。あれは趣味だよ』

「趣味であんな真似《まね》をされてたまるか。何人の女がおれを恨《うら》んでると思う？」

『ひとりも』

平然と返され、京也はぐうと呻いた。そのとおりなのだ。電話をかけてきた〈新宿警察署〉の刑事は、当人からの被害届はひとつもない。全て恋人や家族や親族や上司のものだと告げたのだ。被害者はひとり残らず恍惚《こうこつ》として、尋問にも的外《まとはず》れの答えをするばかりだという。

バレても恨まれていない詐欺師、被害者が訴えるどころか、愛してやまない詐欺師——これは究極の存在ではないのか。

「とにかく降りてこい。おまえは恨まれないが、おれは被害届を出した連中に生命まで狙われかねないんだ。二度とこんな真似ができないよう、叩きのめしてやる」

『話し合おう。暴力では何も解決しない』

「だったら降りてこい」

『嫌《いや》だ』

「虫のいいことばかり吐《ぬ》かしやがって。そもそも、どうしておれの名を騙った？」

『実は誰でもよかったんだ。ただ〈新宿〉へ入る前、あれこれリサーチしたら、君の名前が引っかかった。二度も〈魔界都市〉を救った若き英雄——これだ、と思ったよ』

「思うな、馬鹿野郎。二度と使ったら承知《しょうち》しねえぞ」

『いや、使わせてもらう。有名人の名前は実に効果的なんだ』

「糞《くそ》ったれが」

京也は足を止めた。

「どうしても降りるのは嫌か？」

『嫌だ』

「じゃあ、降ろしてやらあ」

京也は爪先《つまさき》で歩道の上を蹴《け》った。

小石がひとつ跳《は》ね上がったのを左手で摑むや、思いきり発条《ばね》を利《き》かせて投げた。

『無駄《むだ》だよ。ここまでは一〇〇メートルもある。大リーガーでも――』

同情さえ含んだ声が、あっという驚愕《きようがく》のそれに変わった。

『まさか、その距離から――何を投げた？』

飛行船が傾《かたむ》くのを見て、京也のまわりにいた通行人が喚声《かんせい》を上げた。

念を込めた小石は、京也の筋力プラス自身のパワーで一〇〇メートルを飛翔《ひしよう》したのみか、飛行船の船体をぶち抜いてしまったのだ。

「ざまあみやがれ。待ってろ、今とっ捕まえてやる」

『おまえは阿呆だ』

ゆっくりと降下していく飛行船が叫んだ。

『神を信じよ。地獄へ堕《お》ちたいのか？』

「てめえが落ちろ」

飛行船の降下地点を角度と速度から推測して、京也は地を蹴った。

2

飛行船の落下地点は、〈職安通《しよくあんどお》り〉裏――〈百人町《ひやくにんちよう》〉一丁目にある小さな公園であった。

暇《ひま》な〈区民〉や観光客をぶっちぎりで駆けつけたつもりが、すでに着地した飛行船の周囲には人垣《ひとがき》ができていた。じきに警官も来ると見越したか、こういうときに必ず先を取る「解体屋」や「故買屋」が、すでに工具片手に船体に群がり、船の解体にいそしんでいた。金目《かねめ》のもの――つまり船全体をバラして、売りさばくのである。

みるみる操舵室が切り離され、ハッチが開かれる。

「失礼」

と「解体屋」を押しのけて覗き込むともぬけの殻《から》である。

「途中で脱出したか」

と四方を見まわしたとき、左手の奥から、かすかな怒号《どごう》と打撃音が流れてきた。

再び全力疾走《しっそう》に移って十秒足らず——路地の奥にある広場で、京也は手遅れだったことを知った。

眼を背《そむ》けたくなるような濃密な血溜まりの中に、五人ばかりの若者が打ち伏し、その真ん中に、あのトレンチコート姿が立っていた。

京也の気配に気づいて振り向いた。グレーの革手《かわて》袋《ぶくろ》をはめた両手が鮮血《せんけつ》にまみれているが、他に返り血は一切浴びていない。

細い眼が映す前に、

「どーも」

と挨拶《あいさつ》して京也は路地の方へ歩きだそうとした。

「偽者を捜しにきたのか？」

きた、と思った。やはり鉄の声だ。いかなる攻撃も撥ね返し、こちらは鉄の刃で相手を串刺《くしざ》しにする。

逃げられない、と思ったのか、それとも、自分でも気づかぬ闘争への意思に駆られて足を止めたのか。今、十六夜京也もゆっくりと、背後のコート姿を振り向いた。

「おれの名はM・シンガー。十六夜京也だな」

「よくご存知で」

京也は我知らず微笑を浮かべていた。

「前にも会ったよね。あんたどっかの組織の人？」

「やはり、おれを恐れていないな。すれ違ったとき、ただの子供ではないとわかったが、ちょうどいい。検証させてもらおうか」

巨《きょ》軀《く》が燃え上がるのを京也は〝見た〟。どす黒い炎《フレア》が虚空《こくう》へと立ち上っていく。殺意だけではない。

相手をいたぶり、苦悶《くもん》させ、この世の地獄を味わわせたい――そんな歪《ゆが》み、ねじれきった残忍な意志の表現だ。

しかも、炎の先端は優に一〇〇メートルもの高みへ達している。高さはパワーを表す。京也も久しぶりに眼にする強大さであった。

路上の若者たちの周囲にはレーザー・ナイフやショック・バーが転がり、何人かは肩や足に強化手術の痕跡が窺えた。人間離れした百馬力、二百馬力のパワーを、M・シンガーは小指でひねってしまったのだ。まともな人間なら、三十六計以外の手を使うだろう。

だが。

シンガーの表情が変わった。

京也が笑ったのだ。

それは勇者・十六夜弦一郎《げんいちろう》の血の業《わざ》か、あるいは京也自身の精神《こころ》の底に潜む、自分でもどうしようもない闘いへの渇望《かつぼう》のせいか。彼は右手を軽く振った。

その手に忽然《こつぜん》と木刀が握られていた。

「『阿修羅《あしゅら》』」

とシンガーが、恐怖さえ漂わせてつぶやいた。まさしく『阿修羅』――この愛刀を振るって、十六夜京也は魔道士レヴィー・ラーを、仮面王ネブカドネザルを斃《たお》して、世界を救ったのだ。

「相手になろう」

と京也は、むしろ静かに告げた。

「その前に訊く。飛行船のパイロットはどうした? そこの五人組は?」

「君の偽者は墜落寸前に近くの家の屋根を伝って逃げた。そして、ここで不良どもに襲われたのだ」

「なるほどな。そこへあんたが――」

「ノーだ」

「え？」

「おれが駆けつけたときは、奴はもういなかった。代わりにこいつらが襲いかかってきたのだ。奴め、空中からおれに気づいていたな」

「――どういうこと？」

「闘《や》り合う前の話からすると、おれが奴を捜してる大金持ちの叔父《おじ》だと吹き込まれたらしい」

京也は少し間を置いてから、不良どもを指さして、

「こいつら、それを信じたのか？」

「これが奴の特技だ。どんな相手も嘘八百《うそはつぴやく》で丸め込んでしまう」

「器用な奴だな」

「全くだ」

今度はシンガーが笑った。意外と無邪気《むじやき》な笑いだった。

「何処《どこ》にいるか、心当たりはあるかい？」

「あれば苦労はせん」

「ふーん。なぜ、おれの偽者を追っかける？」

「仕事だ」

「内容をかいつまんで」

シンガーが足の位置を移した。胸前に上がった両手とステップが彼を支配した。セミ・クラウチ――典型的なボクシング・スタイルだ。

「いいのか？」

と京也が訊いた。木刀に素手で歯向かうつもりかという意味だ。俗に〝剣道三倍段〟という。得物《えもの》を使用する剣士に、素手の武道家が挑《いど》む場合、その三倍の実力でようやく互角《ごかく》になる。

だが、十六夜京也ともあろう者が、眼の前の敵の実力を知らないとは思えない。その身を案じるべき相手では断じてないはずであった。

シンガーの眼に凄《すさ》まじい光が点《とも》った。

噴き上げる殺意の炎が京也めがけて伸びた。

京也は平然とそれを受けた。常人なら気死しかねぬ精神攻撃《サイキック・アタック》のただ中で、突進してくる黒犀《くろさい》を迎える。

現実のシンガーは音もなく走り寄ってきた。

右のストレートでフェイントをかけ、左の前蹴りを京也の鳩尾《みぞおち》に叩き込む――計算はできていた。自信を支えているのは、馬力だった。彼は五千馬力に匹敵するパワーを有する人工人間（アーティフィシャル・ヒューマン《A H》）であった。だが、素手の戦闘では、パワーよりスピードが勝敗を決する。彼の放ったストレートは、秒速三五〇メートル――超音速《スーパーソニック》で走った。

かわされるのも受けられるのも計算のうち――十六夜念法何するものぞ。

右肘《みぎひじ》の内側に軽い衝撃が生じた――と感じたのは、五メートルも横のドラム缶の山に頭から突っ込んだときだ。

信じられなかった。全身を怒りと屈辱《くつじょく》に焼きながら、ドラム缶を撥ね飛ばして起き上がる――動けない。腹にドラム缶が載っている。押しのけようとした。動けない。意識ははっきりしているのに、少しも力が入らないのだ。

それどころか――なんだ、この落ち着きぶりは？

怒りどころか、闘志の欠片《かけら》も湧いてこないとは。

「あんたの調子が戻るまで、三分てとこか。だが、その間に、おれはあんたを百回もＫＯできる。十六夜念法を舐めるなよ」

「信じられん。おれのパンチは――」

「スーパーソニックだろ。大したもんだ。おれだって受けられやしない」

「……………」

「ただ、念が満ちていると話は別だ。あんたの十倍の速さのパンチを受けも避けもできるぜ」

「念か」

シンガーは噛《か》みしめるようにつぶやいた。

「パワーが奪われたのはわかる。だが、この精神状態はなんだ？」

「おれも親父も平和主義者でな」

京也は腰に手を当てて伸びをしながら言った。

「それだけさ」

シンガーの顔に驚きの色が広がった。

「——それだけか？」

「それだけさ」

と京也は繰り返して、

「あんたのパワーの炎は、地上一〇〇メートルまで届いている。だが、おれはその十倍も凄いのを見たことがあるんだよ」

「誰のことだ？」

「親父だよ」

「……」

「じゃな、おれは行く。なるべくなら会わずにいたいもんだ」

片手を上げて、京也は路地の外へと歩きだした。

飄々《ひょうひょう》としたその姿と足音が消えてから程なく、ドラム缶が宙に舞った。

凄まじい落下音を心地よく聞きながら、シンガーは京也の消えていった方を見据《みす》えて拳を握りしめた。

震えている。怒りのあまり。

「甘く見たな、小僧……このM・シンガーを。その増長、高くつくぞ」

その耳に地上で呻く不良たちの声が届いた。

「小僧《こぞう》、小僧ども」

危険なるＡＨは、身を屈めて、いちばん近い少年の右手首を摑《つか》んだ。それから全員の手をまとめて握木枯《こが》らしが過ぎる白い路上で、京也は踵《きびす》を返した。

「何処へ行くのだ、ぶう?」

凄味《すごみ》のある低声が、その足を止めさせた。脅しとしか思えない響きだ。

京也は振り向いた。

二メートルばかり離れたところに、真っ赤な車体が停まり、かたわらに世界の何処へ出してもおかしくないデブ――外谷良子が立っていた。

車のエンブレムを見て、京也は内心肩をすくめた。ロールス・ロイスではないか。

「何してんだ、あんた? 借金の代わりに現物を差し押さえてきたのか?」

「むむ、失礼な。三十年前から、あたしの愛車なのだ」

不平面《ふへいづら》する外谷へ、

「じゃ、な」

低くささやいて、一気に引き抜いた。

「ほい」

ると、

## 3

白い門の前で、京也は足を止めた。

嵌《は》め込まれた金属プレートの表面には、

『慈善病院』

とある。

そこまでの足取りは軽やかだったのに、今の彼はぴくりとも動かない。

門の向こうにそびえる白い建物を見上げる顔に、かすかな哀愁《あいしゅう》が揺れていた。

「おれがこの街に来ると、ロクなことがない。君にもだ。会わずに行くよ」

京也は素っ気なく別れを告げた。あまり素っ気なさすぎるので、

「待つのだ、ぶう」

と外谷があわてて駆けつけ、羽交《はが》い締《じ》めにした。骨が軋《きし》んだ。

「うぐぐ」

「効く効く。ほら、おとなしくするのだ」

通行人は見て見ぬふりしてすれ違っていく。猛獣《もうじゆう》に襲われているなら助けにもいくが、この女は別らしい。

「何をする?」

と京也は息も絶え絶えに訊いた。

「逃亡を阻止《そし》したのだ。この病院へなんの用だ?」

「あんた、口調が〈区外〉と違うぞ。ぶうって何語だ?」

「ここだと自然に出るのだ、ぶう」

「そういや、職業を訊いてなかった。〈魔界都市〉で何してる?」

「情報屋なのだ、ぶう」

「ん?」

と眉を寄せ、京也はすぐに満更《まんざら》でもない表情になった。役に立ちそうだと思ったのだろう。

「わかった。逃げない。放してくれ」

「嘘《うそ》をつくと」

丸太のような女の腕に力が加わった。

「ぐぐぐ。嘘はつかない。誓《ちか》うよ」

「他の人間なら絞め落とすとろだが、あんたは信用するのだ」

ようやく解放されてから、

「こんなところで何してる?」

と京也は訊いた。身体中が酸素を求めている。

「あたしはリュウマチなのだ、ぶう」

外谷は意外なことを口にした。

「腰と膝《ひざ》が痛んでボロボロ。ここの病院のお世話になっているのだ」

京也はじろじろと外谷の全身を眺《なが》め、

「なるほど、あちこち痛むだろうな」

と言った。

「むう」

「情報屋なら、ひとつ依頼がある。おれの偽者を捜してくれ。待てよ、この前はおれと取っ違えたな。うーん、信用できないか」

「何を言うのだ」

外谷良子はふんぞり返ると、両手で胸をぽこぽこと叩いた。ゴリラのドラミングはあるが、河馬《かば》のは珍しい。

「あたしは〈新宿〉の専門家なのだ。〈区外〉は関係ないのだ。イヌイットが赤道直下でラグビーをやれば、絶対に負けてしまうのだ」

「わかった。じゃ、おれの偽者を捜してくれ」

外谷の眼が邪悪《じゃあく》に細まった。

「その前に条件を話し合おうなのだ」

「後払いでいいだろ？」

「ノン、ムッシュ」

「なんでいきなりフランス語だよ？」

「無茶を言いだす客は、こうして煙《ケム》に巻くのだ。むむ、おフランスかと、みな敬意を抱くのだ」

「そうだろうな」

と京也は納得《なっとく》した。外谷とのプロレスを見物していた観光客たちのバッグには、ヴィトンやグッチのロゴがピカピカだったのだ。

「ただし、人捜しというのは、別の人間の仕事になる。あたしはそいつに関する情報を提供するだけなのだ、ぶう」

「そのぶうだが、聞いてると一貫性がない。いつ鳴くんだ？」

　外谷は唇をひん曲げ、

「鳴くんじゃない。出るのだ」

「どっちでも同じだろ。条件を聞こう」

「経費は一日十万。最低三日保証。つまり、一日で終わっても三日分の料金は貰うのだ」

「がっぽりだな」

「そう、がっぽり——違う。〈新宿〉でいちばん生命を狙われるのは、情報屋なのだ、ぶう」

「それはなんとなくわかる。わかった、払おう。ただし、一日一万」

　ぬけぬけと、とんでもないダンピングをやらかしたもので、外谷も眼を吊《つ》り上げたが、さすがプロ、

「——九万」

　京也、平然と、

「三万」

「八万。それが限度なのだ、ぶうぶうぶう」

　連呼に殺気を感じ、京也は妥《だ》協《きょう》することにした。

「八万でいい。ただし、後払い」

「むーっ」

「解決後、半年以内に半額、あとの半額は一年後と」

「何言うてけっかんねん」

　外谷は逆上した。フランス語はどうした。

「何処に、こんな阿呆《アホ》な条件を呑むトンチキがおるか。おお、外谷さん舐めると、尻の毛まで抜いたるで」

「何をお抜きになるの？」

　突然、金銭地獄に天使の声が吹き抜けた。

　外谷は硬まり、京也は振り返って微笑した。

「さやかちゃん」

羅摩《らま》さやか――現・地球連邦政府首席・羅摩こづみ氏の一粒種《ひとつぶだね》。育ちのよさと気品は、爽《さわ》やかな顔立ちと挙措《きよそ》に表れているが、その裡《うち》に秘められた意志と勇気の強靭《きょうじん》さは、京也ともども二度にわたって魔性と戦い勝利したことでわかる。

京也を見つめる瞳《ひとみ》は、彼でさえ眼を細めてしまうひたむきなかがやきに満ちていた。

京也は苦笑を浮かべた。

「見てたのかい？」

「いいえ、今出てきたとこです。何を抜くんですの？」

京也は、いやあと頭を掻《か》き、外谷はたじたじとなった。

「あ、髪《かみ》の毛だよ」

と京也はその場を収《おさ》めた。

さやかは両手を後ろに組んで、

「会いにきてくれたんですか？」

「いや、その」

口ごもる京也へ、

「あら、違うんですか？」

と唇《くちびる》を尖《とが》らせる仕草も可愛らしいことこの上ない。通りすがりの若いのやおっさんが足を止め、うっとりと見つめたほどだ。

「いや、その。ここまで来て、急用を憶い出し――」

「こいつは結婚詐欺師なのだ」

「え？」

さやかは眼を丸くして外谷と――京也を見つめた。

「違う。何を吐かす、このデブ！」

「ぬははは」

外谷は腹を揺すって笑った。

「こいつの綽名《あだな》を知ってるのか？〝十六夜たら

し〟なのだ。〈区外〉で百人以上、〈新宿〉でももう五十人は泣かしているのだ」

「えーっ!?」

「冗談だよ。おれの名を騙った偽者がいる。〝騙し屋ジョニー〟って奴の仕業《しわざ》なんだ」

「へえ、どうしてそいつがあんたの名を騙るのだ?」

外谷が食い下がった。

「それは――」

おれが有名人だからだ、とは言いかねた。

「ほれ、ごらんなのだ」

外谷は腹を叩いて勝ち誇った。

「早く別れた方が身のためだ。こいつは女を泣かすタイプなのだ、ぶう」

「この腐《くさ》れデブ」

と拳を振り上げた途端、

「やめたまえ」

これも爽やかな声が飛んできた。

京也の拳が勢いよく下りる。

「さやかくん」

門の方から駆け寄ってきた白衣姿は、京也よりかなり大人びた若者であった。即刻モデル・デビューOKのイケメンだ。

「誰だい?」

京也が何げなく訊いた。外谷さんにんまり。さやかは蛾眉《がび》をひそめて、

「あの、困ります、坂巻《さかまき》さん。失礼ですが、名前で呼ばれるいわれはございません」

白衣のイケメン――坂巻 某《なにがし》は、失礼と笑いかけた。

「でも、僕はもう身内同様に思ってるから。今晩、いいよね?」

外谷が歓《よろこ》びのあまりジャンプをし、さやかは眼を剝いた。

「やめて下さい。ただの食事です。それも、あなたがあんまりしつこく誘うから。今夜だけなんです！」

すがるような視線に、京也は素っ気なく、

「いいよ、別に。食事でもなんでもしてきなよ」

坂巻は蔑《さげす》むように京也を見て、

「君、話がわかるな。ま、勝ち目のない戦いは、そうやって余裕を見せながら退《ひ》いた方がいい。若いのに心得《こころえ》てるな。僕は坂巻俊一《しゆんいち》、実家《いえ》は〈区外〉の一部上場――〈坂巻建設〉。いずれは、〈落合《おちあい》〉に総合病院を建てて、院長に収まることになっている」

「建ててもらってだろ」

京也は涼《すず》しい顔で見事なカウンターを放った。

「なにィ？」

イケメンの形相《ぎようそう》が変わったが、すぐに戻して、

「まあいい。一応、君の名前も聞いておこうか？」

「名乗るほどの者じゃないよ」

「そうかい。じゃ、もう行きたまえ。僕らは昼食に出かける」

「わたくし、そんな約束してません。食事なら京也さんと摂《と》ります」

「京也？」

坂巻の表情が一瞬、凄まじい嫉妬《しつと》にねじくれた。

さやかに名前で呼ばれる男。こんな餓鬼《がき》が!?

「いいって、さやかちゃん。せっかくのお誘いだ。行ってきな。おれはもうすませたんでな。それにこのデブちゃんと話もある」

「でも、せっかく来て下さったのに」

「いや、ちょっと足が向いただけさ。正直《しようじき》、来るつもりはなかったんだ」

「――そう、ですか」

さやかは肩を落としたが、肩に触れた坂巻の手を払いのけるだけの気力はあった。

「じゃな。元気そうで安心したよ」

返事も待たず、京也は背を向けた。外谷ともども一歩を踏み出す前に振り返り、にやつく坂巻へ、

「ほい、返しとくよ」

と右手をアンダースローに振った。

飛んできたものを手に取った刹那、イケメンは顔色を変えた。開いた手の中に横たわるものは、先刻、京也に声をかけると同時に放ったアルミ製の三角翼《デルタよく》飛翔体《ひしょうたい》であった。鉄製と異なり殺傷力はないが、彼が使えば、内出血を起こさせるくらいはできる。

脅《おど》すつもりで軽く投げたから、外れてもおかしくなかったが、まさか――

「僕のつくった飛行剣――試作品とはいえ、素手で受け止められるはずがない。さやか君、彼の名は、まさか――？」

だが、さやかはとうに背を向け、構内へ向かっていた。

挫折《ざせつ》を知らぬエリート医師の胸を、生涯《しょうがい》で初めて二重の敗北感が重く占《し》めた。

「まさか――十六夜京也」

# 第三章　罠と牙

## 1

京也はロールスで外谷良子のオフィス『ぶうぶうパラダイス』へ出向いた。

車中で、外谷は渋々と京也の条件を呑んだ。

「なんだか知らないけど、あんたと話してると、こっちの迫力が失せちまうのだ。だまくらかしてやろうとか、一服《いっぷく》もってやろうとか、ひと稼《かせ》ぎしてやろうとかいう気が、いつの間にかどっかへ去《い》っちまうのだ。ただし、あんな条件でＯＫするのは今度だけだ。二度と依頼しないでおくれなのだ。ぶう」

そう言いながら、〈大京町《だいきょうちょう》〉の何処《どこ》とも知れぬ一角でロールスを下りると、暗くて細長い横丁を、ぶうぶう言いながら通り抜け、ひょい、と煉瓦《れんが》を積んだビルの前に出た。

「お茶でも飲んでいきな」

内側へ入って驚いたのは、五十畳《じょう》もありそうな白い部屋に置かれた一台のパソコンであった。

情報屋という限りは、一分一秒の休みもなく、〈新宿〉中から情報が寄せられるはずだ。それを整理、分類するには、おびただしいパソコンが必要と、京也は想像していたのである。

「安上がりだね」

「そうなのだ。このＰＣは百万回線を備えてるし、情報の処理能力は、アメリカの国防総省《ペンタゴン》と中央情報局《ＣＩＡ》のスーパー・コンピュータをかけ合わせても及ばないのだ。科学てのは数や大きさじゃないのだ。質なのだ。あたしんとこはこれ一台で十分なのだ」

「それはおめでとう。ところで、おれの偽者の住所だが」

「待っているのだ。今コーヒーをいれるのだ」

「時間が惜《お》しい」

はっきり言うと、外谷はなんとなく悲しげな表情になって、

「わかったのだ。すぐ調べてやるのだ、ぶう」

パソコンの前へ行って、奇妙な配列のキイボードに指を走らせはじめた。

「ほら、出たよ」

と言ったのは、五秒とたたないうちである。

「コーヒーをいれるのだ」

京也をスクリーンの前に座らせて、自分は行こうとした。

「要《い》らないって。オッケー、わかった。〈西五軒町《にしごけんちょう》〉だな。サンキュー」

立ち上がりかけて、パソコンの横に置かれた写真立てに気がついた。

サービス判が一枚はさんである。

ひと目で外谷の一族とわかる姿形の少年が、にんまりと邪悪な笑みを浮かべていた。

置かれた場所が気にかかり、京也は写真立ての裏《うら》蓋《ぶた》を開けて、写真の背面を覗《い》いた。

息子／醜出男《ぶでお》　十歳で逝《い》く
併記《へいき》された日付は撮影の日か、それとも——

京也は椅子《いす》に戻った。

すぐに外谷が、湯気の立つカップを載せたトレイを手に戻ってきた。

「息子さん？」

と京也は写真の方へ顎《あご》をしゃくった。

「見たのか?」

「ああ。ハンサムだな」

「あんたよりいい男になっていたのだ。生きてたら」

「全くだ」

外谷は写真立てを手に取って、しみじみと眺めた。

それから京也を見つめて、

「うむ、よく似てるのだ」

と言った。

「……」

「この眼元や口元なんか、まるで同じなのだ」

「特技はなんだった?」

京也は話題を変えようと努《つと》めた。

「喧嘩《けんか》」

「やっぱり」

「ん?」

「なんでも」

と、かぶりを振って立ち上がり、外谷の肩を叩いた。

「ありがとう。また、な」

「正規料金でいつでもお待ちしてます、なのだ」

外谷は破顔《はがん》した。

タクシーを拾って〈西五軒町〉と告げると、運転手は渋い顔になって、

「他のところじゃ駄目かい?」

ときた。京也は驚いた。

「何処ならいいんだい?」

「〈西五軒町〉以外ならな。あそこは危《やば》いんだ」

首をすくめる運転手へ、

「何かあるのかい?」

「しゃべりたくもねえ。あんた観光客だろ。手前で下ろすから、そっから覗いてみて、行くかやめるか決めなよ」

「オッケー」

料金を払ってタクシーを下りると、たちまちピン、ときた。

全身の皮膚《ひふ》に軽い痺《しび》れが走る。凶気のなせる業だ。前方の景色が、妙に暗い。振り向くと普通だ。

「確かに危《やば》いな」

「どうする？」

と窓から身を乗り出して運ちゃんが訊いた。

「余計なお世話だが、帰った方がいいぜ」

「そうもいかないのさ。面子《メンツ》がかかってるんでな」

「面子？　観光客が〈新宿〉で面子をかけるのか？　あんた何者だい？」

「結婚詐欺師だよ」

「はあ？」

あんぐりと口を開ける運転手に笑いかけ、京也は、じゃあなと歩きだした。

一〇メートルと行かないうちに、商店街へ入った。シャッターを下ろした店がひどく目立つ。街灯も軒並《のきな》み砕《くだ》かれて、よく見ると電球がない。売り飛ばされてしまったのだ。

歩道が穴だらけなのは、剝ぎ取られて投石《とうせき》にでも使われたのだろう。少し離れた通りの反対側には、黒焦《くろこ》げのバンが乗り上げていた。

人影はない。

気配は腐《くさ》るほどある。

最初の交差点まであと半分というところで、空気がざわついた。

物陰に潜んでいた気配が表に出てきたのだ。

京也の前後に立ち塞《ふさ》がったのは、十人ほどの若者たちであった。

トゲ付きのヘルメットや胸当て、鎖《くさり》で編んだベスト、簡易《かんい》戦闘服、でかいエネルギー・パックを全身にくくりつけた奴は、補給《ほきゅう》係だろう。どいつもこいつも、衣装《いしょう》は勿論、顔も手も傷だらけだ。年季《ねんき》の入った不良少年に違いない。

「この街に何か用かい？」

前方の中央――壁《かべ》が戦闘服着けたような若者が、小首《こくび》を傾《かし》げた。呆《あき》れるほど穏《おだ》やかな口調《くちょう》である。

「おれたちゃ、こう見えても〈区〉の許可を受けたガイドなんだ。なんでも教えてやるぜ」

と、ひとりが声をかけてきた。こんなのをガイドに雇うくらいなら、追い剝ぎの方がマシだと思わせる荒《すさ》んだ声であった。

「場所はわかってるんだ。ひとりで行けるさ」

京也も何げない風に応じた。若者たちが一斉に笑った。嘲《あざけ》りに近い。虚勢《きょせい》を張っていると思ったのだ。

「そう言うなよ。こかあ結構危ねえ街でよ、おれたちと違って性質《たち》の悪い大人がうろついてるし、妖物《ようぶつ》も多い。まかせときなって」

「そりゃいいけど――いくらだい？」

壁男は、宙を仰いで、額を叩いた。

「こりゃ話が早えや。おめえ、〈区外〉の人間にしちゃ、〈新宿〉慣れしてるな。そうさな、一件につき財布《さいふ》ひとつ」

「断る」

京也はあっさりと言った。厄介《やっかい》なことになるのは避《さ》けられない。そうとわかっているのに、無駄《むだ》な時間をかけてはいられなかった。

「またまたあ」

壁男は派手に額を叩いた。

「はっきりしてていいなあ、ホント、いい。けどよお」

急に口調が変わった。ひと皮剝けて、内側《なか》から別の人間が現れたような感じだ。

「そんな返事でここを通すわけにゃあいかねえんだよ。こっちも生活がかかってるんでな」

「親御《おやこ》さんはどうした？」

どっと笑い声があがった。親御さん？　親御さんだってよ。気取りやがって。

「他の奴のは知らねえが、おれの親御さんなら、この街のどっかで幸せに暮らしてるさ。厄介者の息子が出ていって、せいせいしたってな。こいつらもみな同じさ」

ぐるりを見まわして、京也はこう訊いた。

「おまえら、いつもこんなことしてるのか？」

「他にすることあるかい。おめえみてえな、何も知らねえ馬鹿な観光野郎を痛めつけて、身ぐるみ剝ぐのが楽しくてな。もう百人以上は可愛がってやったぜ。中には逆らう馬鹿もいたけどよ」

「彼らはどうした？」

「〈亀裂《きれつ》〉の中にいるさ。女はやくざ屋さんに売り飛ばしちまったよ」

「なるほど。親はせいせいしてるだろ。おまえたちも、な。見たところ、何をしたって、まともな生活なんぞ送れそうにない顔ばっかりだ。まとめてあの世へ行ってみるか？」

言ってから、我ながらその過激さに驚いた。年齢《とし》が近くてなんとなく胸の中がわかるだけに、こういう連中には我慢《がまん》がならないのだ。

京也の周囲に殺気の壁がそびえ立った。眼は燃え上がる炎を目撃した。

「面倒《めんどう》だ。まとめてこい」

壁が押し寄せてきた。

若者たちは、匕首《あいくち》や拳銃で武装していたし、怪力手術を受けている者もいた。ひとりで十人がグループの目標であった。素手としか見えない京也など、小指一本でひねれると誰もが信じていた。

ごっ、と音がしてリーダーのヘルメットがつぶれたのが戦いの始まりであった。

その左右のふたりが続けて倒れ、京也が上体をひねると、後ろの五人もあっという間にくずおれた。

痴呆《ちほう》状態に近い表情は、自分の身に何が起きたか理解していないことを示していた。

京也は何をしたか？　彼は忽然と現れた『阿修羅』を縦に振っただけであった。縦に？　それも振り下ろし振り上げ、また振り下ろす軌跡《きせき》には、一ミリのズレもない。彼が『阿修羅』を振り下ろすと、眼前の敵が地に伏し、隣の敵が突っ込んでくるのだ。まるで引かれたように、倒された仲間と同じ位置へ。

最後のひとりの頭を陥没《かんぼつ》させたのは、無論、念法の一撃だ。強化樹脂《じゅし》でできたヘルメットは、いかに力が強くても木刀では凹《へこ》みもしないが、京也はそれに〝念〟を込めた。

十六夜京也の〝念法〟——それは精神的な影響のみか、物理的にも変成を促《うなが》し、ヘルメットは、紙並みのヤワさに化けた。それのみか、相手の動きさえ操《あやつ》った。前後の敵たちが、最初に倒されたひとりと寸分違《すんぶんたが》わぬ位置に踏み込んだのは、念法の奇跡《きせき》であった。

昼下がりの路上に、地獄の苦鳴《くめい》と蠢《うごめ》く姿が満ちた。

「頭の骨にも脳にも異常はないが、その痛みは丸一年続く。おまえらが同じ目に遭わせた相手の苦しみを味わうのもいいだろう」

情け容赦《ようしゃ》もなく言い放つと、京也はさっさと歩きだした。

その後ろ姿が二つ目の信号を右に折れたとき、なおも苦悶《くもん》のブレイク・ダンスを踊る若者たちのもとへ、自転車に乗った影がやってきた。

確かに通りを滑走《かっそう》してきたはずなのに、ブレーキをかけた瞬間、忽然と現れたように見えたのは、自転車はもとよりライダーのテクの凄さであった。

京也と同じ学生服姿は、平べったい学生帽の鍔《つば》に手をかけて持ち上げ、京也の去った方を見てから、若者たちを眺めた。

影に包まれた顔の中で、眼だけが赤く燃えていた。

「失敗《しくじ》ったな、役立たずどもが」

低く呻いて、彼は上体をのけぞらせた。後輪だけで立ったのである。

全身の骨が砕《くだ》けて苦痛にのたうつ若者のひとりがこれに気づいた。恐怖が痛みを忘れさせたように、若者は絶叫した。

「やめてくれ、〝ライダー〟。助けてく――」

その首筋に落ちてきたのは前輪であった。

嫌な音を立てて頸骨《けいこつ》が折れた。

前輪がまた持ち上がった。次はいちばん近くの若者の首に落ちた。

次々と若者たちの首を踏み砕《くだ》く〝ライダー〟の姿は、誰の眼にも、その技倆《ぎりょう》の公開に恍惚《こうこつ》と耽《ふけ》る、かがやかしいプロのものであった。

## 2

目的地の前で足を止め、京也は首を傾げた。困惑の表情だ。

記憶にある外谷の伝えた住所は確かにここだ。表札に書いてある。平凡な二階建ての建売住宅の表札に。

名前は巽《たつみ》藤吉郎《とうきちろう》。

「おれが間違えたか、それとも、あのデブが」

つぶやいたとき、背後に気配が湧《わ》いた。

気配でわかる——同年齢の娘だ。仄《ほの》かなコロンの香りが、きつくも淡《あわ》すぎもせずに鼻を衝《つ》いた。

「何かご用？」

丁寧《ていねい》な物言いに、鋭い疑惑《ぎわく》の響きが含まれていた。

振り向いた眼の前に、モスグリーンのトレーナー・プラス・ジーンズ・プラス・ショートカットの娘が立っていた。やや眉を寄せたきつめの表情が、京也の顔を見た途端、たちまち和《やわ》らいだ。

「あの——どなた？」

疑惑の声からも鋭さが消えている。

京也は軽く会釈《えしゃく》して、

「〈区外〉から来た者ですが、こちらに十六夜京也クン——お世話になってませんか？」

娘の表情がまた険しくなった。

「ヤだ。あなた、あいつの友だち？」

「いや、逆」

「よかった。とてもあんな口先だけの詐欺師の仲間とは思えないもンね」

「やっぱりな。迷惑かけてます？」

「両親と兄貴にね。あたしは別よ。最初から怪しいと睨《にら》んでたんだから」

「えらい」

京也はにっこりうなずいた。結構、世知《せち》に長《た》けている。娘は真っ赤になった。京也がタイプらしい。

「ねえ、あなたは？」

「十六夜京也」

「え？」

「名前を騙られてるんだ。〈区外〉でも〈新宿〉でも被害者続出でね」

娘は少しの間、ぽかんと京也を見つめ、すぐに大きくうなずいた。

「あなたが本物——でも、どうして名前を?」

「その辺はあとで。いる?」

「いるわよ。『ビリーズブートキャンプ』やってる」

ひと昔前に流行った退役軍人《たいえき》による体操《エクササイズ》のことである。初代の息子が跡《あと》を継《つ》ぎ、世界中で第二のブームを巻き起こしている最中だ。まだ儲《もう》け足りないのかと、関係者からは批判噴出である。

「始めたばかり?」

「ううん。戻ってきてから一時間ぶっ続けよ。ヒイヒイ言ってるわ」

「お邪魔《じゃま》していいかな?」

始めたばかりならファイト満々だが、終わりかけなら捕まえやすい。京也は合理的精神の持ち主であった。

「いいけど——みんないるよ。親父は定年だし、兄貴引きこもり」

「君は?」

思わず訊いた。娘は花のように笑った。

「登校拒否」

「へえ」

少しもそうは見えない。不意に生じた苦い思いを、京也は押しつぶした。他人の眼には決して見えない翳《かげ》を、このひまわりに似た娘も抱いているのだった。

「奴の部屋、裏から入れる? うまくやれば、誰にも気づかれずにしょっぴいていける」

「いいよ。よかった。せいせいするわ」

この娘にだけは、よくよく嫌われているらしい。

天才詐欺師もミスをやらかすのだ。

「こっちよ」

と言ってから、

「あたし、巽あや。あやは平仮名よ。区立新宿高校の二年生。華道部《かどう》。趣味《しゅみ》は生《い》け花とドライフラワー」

「わざわざどうも」

と京也は笑顔を見せた。彼の通う高校はトーキョー市立だが、〈新宿〉内はみな〈区立〉になる。ここは夢魔《むま》の治外法権がまかり通る世界なのだ。

あやは塀《へい》に沿って右へまわり、妖物用の護符《ごふ》と呪《じゅ》文《もん》だらけの木戸《きど》から、京也を内部《なか》へ導《みちび》いた。すぐ前に勝手口がある。

一応、どーもと挨拶《あいさつ》してから、京也は上がり込んだ。

「靴履《くつは》いたままでいい?」

万が一、外へ飛び出された場合を考えたのである。

「いいわよ」

あやは気軽に答えた。

キッチンから廊下《ろうか》へ出た。

「あそこよ」

細い指が突き当たりのドアをさした。

耳を澄ますまでもなく、京也の聴覚は、そちらから流れてくるダンス・ミュージックと日本語の掛け声を捉えた。

『腰を落とすな』

『男だろ。キンタマついてるのか』

『ここでへばると、一生女を抱けないぞ。インポと呼ばれて恥《は》ずかしくないか』

「恥ずかしいわよ、こっちが」

と、あやが吐《は》き捨てた。

「毎日あれ聞かされる身になってよ。さっさと捕まえて」

「オッケー」

あやを残して、京也はドアへと近づいた。

床を踏み、腕で空《くう》を切る気配が確かに感じられた。

ノブを摑むと一気に押し開けた。

六畳の居間の中央で、大きく和服の股《また》を開いた親父が、ん？　と動きを止めた。その右方にもうひとり——京也よりやや年上の若者が、コマネチ・スタイルを取ったまま、こちらを見つめている。ジャージ姿。偽者《ジョニー》だ。

呆然と立ちすくんだ京也へ、

「なんだね、君は？」

ダミ声であった。

「いえ、あの——」

口ごもったところへ、頭上から何かが降ってきた。

触れた部分から電気ショック以外の何ものでもない衝撃が全身を貫《つらぬ》いた。

前のめりに崩《くず》れた耳に、

「引っかかったぜ、パパ」

ダンスを踊っていた偽者が、意外なことを言った。

「ああ。こそ泥用の電気網《ネット》が役に立ったな。死蔵《しぞう》になるかと思ったが、網も喜んでるだろう」

「何ボルトだい？」

偽者——確かに偽者だ——の問いに、父親がはて？　という表情をこしらえたとき、

「ジャスト三千ボルト」

と明るい声が答えた。

「——で、どうするの、こいつ？　十六夜さんは捕まえとけって言ったけど、なんか普通の奴と違うよ。ねえ、始末しちゃうの？」

「そうだよ、親父、殺すなとは言われてねーだろ。逃げようとしたんで、殺《や》っちまったって言や、怒ら

れやしねえさ」

偽者はあやの兄貴であった。

「いかんいかん」

と父親は激しくかぶりを振った。

「十六夜くんの指示には従わなきゃならん。それに、人殺しなんてわしらにできるものか」

「できるって」

と兄はうなずいた。それを見て、

「なんだ七郎《しちろう》、おまえ、まさか？」

「よしてくれ。殺しなんかしたことはねーよ。けど、十六夜さんのためなら、やるぜ」

「あたしも」

と、あやが右手を上げた。どう見ても平凡な高校生だ。それが、ひとりの男のために殺人さえ厭《いと》わないと涼《すず》しい顔で断言する。いとも簡単に人間のモラルや倫理観《りんりかん》を変節《へんせつ》させてしまう男――もうひとりの十六夜京也、いや、現実の〝騙し屋ジョニー〟とは何者なのか。

「とにかく人殺しは許さん」

と父親は威厳《いげん》に満ちた声で宣言した。それから、部屋の壁にかかっている液晶時計を見て、

「十六夜くんはいつ帰るつもりかな。この子をいつまでも置いとくのも辛《つら》い」

「何処へ行ったのよ？」

と、あやが訊いた。

「また次の隠《かく》れ家《が》――ここみたいな家《うち》を捜してるんだろ」

半ばあきらめた風に言い捨てる兄へ、あやは夢中で顔を横に振った。

「そんなのヤだ。いつまでもここにいてほしい。ね、みんなで守ってあげよ」

「無理だよ。あんなカッコいい人が、こんな家に来

たこと自体がおかしいんだ。ひょっとしたら、もう戻ってこないかもしれないぜ」

「ヤだ、そんなのヤだ」

「見てみろよ」

兄は疲れたように室内を見まわした。

「荷物がねえだろ。多分、行っちまったのさ」

「嘘《うそ》ぉ。じゃあ、何処へよお?」

「わからねー。ただ……」

「ただ——何よ?」

「忘れた」

「憶い出してくれよ」

それが家族の声ではないと、みなが気づく前に、京也は立ち上がった。

今、『阿修羅』に切り裂かれた鉄網が、黒い水のように、身体の左右にわだかまった。

家族はのけぞった。

「キ、君——どうやって鉄の網を!?」

「三千ボルトはどうしたのよ、三千ボルトは!?」

「触れてなかったのさ」

京也の袖口《そでぐち》から木刀の先が奥へと吸い込まれた。切尖《きつさき》が網を押さえ、わずかに一カ所だけしか京也に接触していなかったことは、傍目《はため》からはわからない。念法というより、剣の技倆《ぎりよう》だ。

「それに用心もしてたんでな」

「どういう意味? あたしが嘘をついてると知ってたの?」

「他の家族がみなやられたのに、君だけが無事? あり得ないだろ」

「………」

「………」

棒立ちになる父と妹の間で、兄が右手を腰の後ろにまわした。

京也の胸に突きつけられたのは、武骨《ぶこつ》な拳銃であった。表面のブルーもあらかた剝がれた使い古しの回転拳銃《リボルバー》は、銃身がスミス《S》・アンド・ウエッソン《W》、輪胴《シリンダー》がコルト、起こした撃鉄《ハンマー》は撃針《ファイアリング・ピン》なしのコルト・タイプで、銃把《グリップ》はSWと、恐るべき混血状態を示していた。

引き金を引くたびに、射手《シューター》は爆発の危険に怯えなければならない、一挺《いっちょう》弾丸《たま》付き千円単位で買える〈新宿〉の名物——『歌舞伎町スペシャル』というやつだ。

「手が震えてるよ」

と京也は苦笑を浮かべた。

「そんなに銃身が上下してちゃ、この距離だって外れちまう。ほら、頭だの心臓だの、意欲だけプロ並みはよして、いちばんでっかい腹を狙え、腹を」

「やめんか、七郎！」

親父が叫んだ。

「撃《う》っちゃえ、兄貴《あにき》！」

これは、あやだ。

七郎はどちらかというと撃ちたかったに違いない。あやの声に押された途端、どんと鳴った。弾丸は狙いを大きく違えて、鳩尾《みぞおち》ではなく心臓に命中した。

3

京也はその場にくずおれた。

銃声が家の中を駆け巡り、それに反して、一家は沈黙に包まれた。

「殺《や》っちゃった」

七郎の呻き声は、他のふたりの耳に砲声のように鳴り響いた。

「どうしよう……親父……おい……」

「し……知るか、この馬鹿者……おれはやめろと言った……ぞ」

「もっと強く止めてくれりゃあよお……」

「この馬鹿息子。何から何まで人の責任に……」

「死体を処分しよ」

「えーっ!?」

ふたりの口から迸《ほとばし》った言葉は、違った方角から、あやに命中した。

「お、おまえ……」

「何考えてんだよ?」

「最良の手段よ」

あやは、お馬鹿? という顔で男どもを見つめた。

「殺しちゃったものは取り返しがつかないでしょ。兄貴、ムショ行きたいの?」

「な、なんだ、その言い方は? ムショ?」

と父親が歯を剥いたが、あやは知らん顔で兄を凝視して、

「行きたくないのなら、この殺しをなかったことにするしかないわ。それには死体をなくしてしまうのよ。死体さえ見つからなきゃ、あとは家族で口裏《くちうら》を合わせれば、なんとでもなるわ。兄貴、警察で何訊かれても、絶対、口割っちゃ駄目《だめ》よ」

「わ、わかった。けど、この死体、どう始末する?」

「夜中に〈亀裂〉へ運びましょ。やくざが同じことするのに使う場所知ってる」

「なんで、そんなとこを!?」

父親が身を震わせて叫んだ。

「七郎と違って、おまえは真面目《まじめ》に生活してると思ってたのに。いつからそんな……」

「小学生の頃からよ——って、今更《いまさら》そんなことで言い争ってもなんにもならないでしょ。少なくとも、

父さんも母さんも哀しませてないし、迷惑もかけてない。すんだことは忘れましょ。この件も、父さんは無関係——そうよね、兄貴？」

明るい声である。外で京也が聞いたのも、この声であった。

「あ、ああ」

「なら、ふたりで捨てにいくわよ。車を裏口につけて」

「え？　まだ明るいぜ」

「万が一、十六夜さんが戻ってきたらどうするのよ？　あの人に迷惑かけられないでしょ」

「そりゃそうだ」

兄と——父親までうなずいた。

「要するに、みんなこいつが悪いのよ。名前騙られたくらいで十六夜さんを追いかけてくるなんて——ふん、死んじまえ」

容赦ない力を込めて、京也を蹴飛ばした——その足首が、ぎゅっと摑まれた。

「きゃあ〜〜っ!?」

悲鳴は当然だ。七郎も父親ものけぞり、あやを突き飛ばしてひょいと起き上がった京也の左手から、何かが飛んで、

「うっ!?」

と手の甲《こう》を押さえた。指の間から見え隠れしているのは、爪楊枝《つまようじ》の下半分であった。

〈新宿〉へ来る前に、〈区外〉のラーメン屋で腹ごしらえをしてきた。そのとき失敬《しっけい》した品だが、ラーメン屋の主人も、こんな風に使われるとは想像もつかなかったろう。

「やめときなって」

京也は厳しい眼で、何処か哀しげに相手を見つめた。手を押さえているのは父親であった。

「どうして……君は確かに心臓を……？」

京也は右拳で軽く胸を叩いた。

硬い音が、家族の眼を丸くさせた。

「〈新宿〉へ来るには、一応、用心が肝心《かんじん》でね。薄い鉄板が入ってるのさ」

「もう、この」

床にひっくり返っていたあやが起き上がるや、周囲を見まわし、壁に立てかけてあるバットを摑んだ。

目標も定めず振り下ろしたそれを、京也はかわす風もなくかわし、ぴしりとでこぴんを決めると、あやはその場にへたり込んでしまった。

「よしなって。これ以上やると、警察を呼ぶぜ」

父親が、え？　と身を硬くした。その顔に希望の色が湧いた。

「黙っててくれるのか？」

「ああ」

京也は胸の中で蠢《うごめ》くものを無視して、

「あんたたちがこうなったのは、おれの偽者のせいらしい。奴の呪縛《じゆばく》が解けりゃ元に戻るだろう」

「君を撃ったことも、内密にしてくれるか？」

「ああ。だから、その娘さんに訊いてくれ。十六夜京也クンは何処へ行ったのかってな」

父親はうなずいて、あやの方へ動きかけ、足を止めた。顔中に汗が吹いている。苦渋《くじゆう》の証《あかし》だった。首を振って言った。

「駄目だ。それはできん。十六夜くんに迷惑はかけられん」

「十六夜クンはおれだよ」

「何ィ？」

「もういーから。なあ、どうしてそんなにあいつに肩入れする？」

「す、素晴しい人だからだ」

「あいつは、どうやってここへ来たんだ？」

「おれが連れてきたのさ」

と七郎が口を開いた。警察沙汰《ざた》が避けられるとわかって、協力する気になったらしい。

「一昨日《おととい》、〈歌舞伎町〉のゲーセンをうろついてたら、向こうから声をかけてきたんだ。泊《と》まるところがないって言うんで、なら家《うち》へ来なよって」

「怪しいと思わなかったのか？」

「あんなカッコいい男がかい？　どんな人間かひと目見りゃわかるさ」

「その眼のおかげで、おまえは人殺しのなり損《そこ》ないだ」

ぴしりと叩きつけて、京也は父親へ、

「あんたも同じ？」

「恥ずかしながら、そうだ。紹介された途端《とたん》、なんとかしてやりたいと思った」

「あいつは何か言ったのかい？」

「〝泊まるところがないので、お世話になります。実は追われてるんです〟」

「それで匿《かくま》う気に？　いや、追っ手を殺す気になったのか？」

「あの人を守るためだ。仕様がねえ」

「自分の素性《すじょう》は？」

これは父親が答えた。

「ある国の王族の血を引いている身だが、王位継承《けいしょう》のトラブルで生命を狙われ、日本へ亡命《ぼうめい》した。それさえ片づけば、国へ戻ってしかるべき地位に即《つ》く。そうなれば十分に御礼をすると。あやは花嫁《はなよめ》になれるんだ」

へたり込んだ不良娘に向けた眼も声も、父親の慈《じ》愛《あい》に満ちていた。

「いい親父さんなんだがな」

と京也は言った。

「あいつのせいもあるにせよ、やっぱ、何かが間違ってるよ。その気があるなら、なんとかするんだな——さ、あやちゃん、教えてくれ。十六夜クンは何処に行くって言ってた？」

彼は左手を伸ばして、あやの額に触れた。

虚ろな表情が元に戻る。念法が解けたのだ。

いきなり、あやは京也の手を取るや、歯を立てようとした。逆技を使って振り放した。

「死ね」

と飛びかかってくるのを、父親が腰にしがみついた。

「放せ。あの人を追いかける奴なんて、みんな殺してやるゥ」

全身から殺気を超えた殺意が、炎の熱を伴《ともな》って京也を直撃した。


こりゃ荒療治《あらりょうじ》しかないな、と覚悟した瞬間——

玄関の方で、ガラス戸の開く音がした。

凍りついたのは三人で、京也は反射的に三人の額を人差し指で突いた。脳の運動域に直接働きかける麻痺《まひ》の法である。

へなへなとなる三人を素早く部屋の奥へ移して、彼は口の横に右手を当てて、

「どなた？」

と訊いた。驚くべきは、七郎の声と瓜二《うりふた》つであることだ。

「十六夜です」

京也はうなずいた。確かにあの声だ。

「お帰り。あとで居間へいらっしゃい」

言ってから、まずいかな、と思った。リビングと言ってるかもしれない。

「はい」

と応じる声に、しかし、ためらいはなかった。

少し間を置いて、ぎしぎしと廊下の軋む音が近づいてくる。怪しんでいる風はない。

素早く京也は戸の横に隠れた。ドアは閉じてある。軋みが止まると、すぐにドアが開いた。

室内を見て、あっと漏らす前に、京也は横合いからその首を鷲掴《わしづか》みにして、前方へ放り出した。

「わわわ!?」

とつんのめり、途中で身をよじってなんとか停止したのは、京也や七郎より三－四歳上くらいの若者だ。

ただし、明るい色のジャケットにスラックス、洒落《しゃれ》た柄《がら》のネクタイと、野暮《やぼ》の代表——京也の学生服とは大分趣《おもむき》が異なる。

「危《や》べ」

と立ちすくんだ顔には困惑の表情しかない。仰天《ぎょうてん》したのは、むしろ京也の方であった。

「おまえか!?」

カッコいい、素敵な人、死んでも守るetc. etc.が脳内をかすめた。

冗談じゃねえ、と思った。

こんな眉《まゆ》の濃い、三白眼《さんぱくがん》で、小鼻の思いきり広がった、タラコみたいな唇《くちびる》の二重顎《あご》がおれの偽者?

驚愕《きょうがく》の間に、相手は身を翻《ひるがえ》して窓へと走った。

「ふざけるな!」

と叫んだ。本当は、待てと言うつもりだったのだ。

「わっ!?」

とつんのめったのは制止の声のせいではない。単に足が滑《すべ》っただけである。勢い余って窓ガラスに頭をぶつけたところで、京也が首根っこを押さえた。

「なな何をする?」

「こっちの台詞《せりふ》だ」

「言いがかりは許さんぞ」

「やかましい」

手を離すと同時に、鼻面《はなづら》へ軽くストレートを叩き込んだ。

ぎゃっとのけぞったところへ足払いをかけ、仰向けの鳩尾を踏みつける。

「ぐええ」

息もできない状態で放置し、失神状態の三人を次々覚醒させてから、またも偽者の全身へ十発近いキックを浴びせた。三人の精神まで目醒めさせるには、荒療治が必要なのだ。

「この三人になんとか言え！」

鼻血だらけの顔に叫んだ。

偽者は笑った。

「見ていたまえ。僕は負けないぞ」

続けざまにキックを入れた。急所を蹴ればのたうつものの、三人に対して謝罪《しゃざい》の言葉も弱音《よわね》も吐かなかった。

ついに京也はあきらめた。

# 第四章　チャリ・ライダー

## 1

「高校生のくせに暴力団並みだな。訴えてやる」

ジョニーはよろよろと立ち上がり、腰をひとつ叩いて、

「よくここがわかったな」

と苦笑を浮かべてみせた。

「神さまが教えてくれたのさ」

「——で、僕をどうするつもりだ?」

「どうもこうもあるか。詐欺師が表彰《ひょうしょう》でもされると思うのか?　ケーサツだケーサツ」

醜男《ぶおとこ》はネクタイを直しながら、

「話し合わないか?」

と上眼遣《うわめづか》いに京也を見つめた。

「ふざけるな。自分のしたことを考えてみろ」

「出来心《できごころ》だよ」

「それですみゃ交番は要らねーよ。何も知らない家族を、こんな風にしちまいやがって。しかも、おれの名前でだ」

「そんなに迷惑はかけていないと思うけどな」

「何処から出てくる台詞《せりふ》だ。この三人を見ろ!　相手がおれでなきゃ、人殺しだぞ」

「そうカッカするなって」

「何ィ」

ジョニーはさすがにあわてて、

「わかった。けど、僕が人殺しをしろなんて言った

わけじゃないぜ。追われてるから匿ってくれと頼んだだけだ。君を殺そうとしたのは、彼らの選択だ。責任もそうさ」

涼《すず》しい顔である。反論しようとして、京也は言葉に詰《つ》まった。そのとおりなのだ。ようやく、

「モテるこったな」

吐き捨てると、ジョニーはにやりと、

「それだけが取《と》り柄《え》さ。十六夜京也を愛した連中は、人殺しをも厭《いと》わない。これだけ惚《ほ》れられれば、男《おとこ》冥利《みようり》に尽《つ》きるだろ。感激してもらってもいいくらいだ」

声を潜めて、子供のおねだりみたいに、

「——見逃してくれ」

「うるさい。警察なら、おまえの国の殺し屋からも守ってくれるぞ、王子さま」

「なんだ、そりゃ?」

京也は怒る前に納得した。詐欺師てのは、こんなもんだろう。

「もう忘れたのか。おまえがあの家族に——」

「あ、そうか」

京也は溜め息をついた。こういうタイプに何を言っても無駄《むだ》だ。責任感も罪悪感《ざいあくかん》も、生まれつき持ち合わせていないのだ。

「みんなの前でバラせ。おまえは何者だ?」

「マチャライ王国の第三王子だよ」

「ふざけるな。その王国の王子が、なんで十六夜京也だ?」

「それは仮の名と言ってある」

「本名はあるのか?」

半ばやけで訊いた。

「チンダラケ・トムトム・マチャライだ」

「あーそうかい。とにかく行こうや」

「どうしても連れていくつもりかね？」

「当たり前だ。おまえにもその方がいいに決まってる。〈新宿警察署〉の牢《ろう》を破ってまで、おまえを暗殺しようとする連中なんか、そうはいやしない」

「世間知らずめ」

「うるさい。細かいことは警察で言え。行くぞ」

京也は戸口の方へ顎をしゃくった。

その顔が不意に上がった。

「下がれ！」

ジョニーの後ろ襟《えり》を摑んで引き戻した瞬間――

天井《てんじょう》をぶち抜いて、何かが落ちてきた。


柳沢加奈江《やなぎさわかなえ》は、ころころと通りを歩いてきた。

四歳の身体つきがころころしているのは、家が甘味《かんみ》屋《や》だからである。あんこをたっぷりと使った商品は、近所の女性客に圧倒的な人気を博《はく》していたが、加奈江の好物は、その三倍の量を誇る特製の「あんみつ」と「お汁粉《しるこ》」であった。

「トミコちゃん、遊ぼ」

と歌いながら仲良しの家へと急ぐ足を、頭上から降ってきた声が止めた。

「ちょっと待って」

「？」

見上げると、自転車にまたがった学生服姿のお兄さんがいた。ただし、いる場所がおかしい。通りの左側に並んだ住宅の一軒《いっけん》、その屋根の上だ。

まばたきしても、お兄さんの顔は真っ暗で、眼だけが紅《あか》く光っていた。不思議と怖くなかった。

「あの――」

「これをあげよう。頼みがあるんだ」

とお兄さんは言って、加奈江の方へ右手を突き出した。黄色い箱――誰でも知ってるミルクキャラメルの箱が揺れていた。ごくりと加奈江は喉《のど》を鳴らした。それでも両親は、しっかりとした躾《しつけ》を与えていた。

「何をするの？」

「簡単だ。向こうを向いて、両手をこう合わせて前へ出しておくれ」

屋根の上のお兄さんは、バスケットボールのトスみたいに自演してみせた。

「眼をつぶって、手に何か載ったら、思いきり上へ持ち上げてくれないか？　それだけだ。痛くも怖くもない」

「それでキャラメル貰《もら》えるの？」

「ああ」

丸い顔がこくりと、

「わかった。やる」

加奈江は眼を閉じて言われたとおりにした。

「いくよ」

声にうなずき、次の瞬間、どんときた。思いきり撥ね上げた。それはゴム鞠《まり》より軽々と宙に飛んだ。

眼を開けて頭上を見上げた。

青い空の他は何も見えなかった。

下ろした右手が何かにぶつかった。

「あ？」

右のポケットに黄色い箱が収まっている。封《ふう》を切ってないのが嬉《うれ》しかった。

もう一度、頭上と周囲を見まわしてから、鼻歌とともに歩きだした丸っこい娘は、自分が持ち上げたものが、屋根の上から落下してきた自転車の前輪であり、撥ね上げた車体とそれに乗った学生服姿の若者が、信じ難《がた》い速さで空中に舞い上がり、二〇〇メートルほど離れたある家の屋根へと、鋭い放物線を描いて落ちていったことに気がつきもしなかった。

天井と二階の床――二層分の構造材とともに落下してきた若者を、京也はさすがに眼を丸くして迎えた。猛烈《もうれつ》な埃《ほこり》の渦《うず》が視界を遮《さえぎ》り、息を詰まらせた。残る四人も呆然とするばかりだ。

地響《じひび》きが収まってから、

「なんだ、おまえ、おかしな入り方しやがって」

と切り出した。

「劇的効果だ」

と闇色《やみいろ》の顔が答えた。

京也はじっと敵を見つめて、

「いくら派手好きでも、その自転車《チャリ》で天井と床をぶち抜けるとは思えない。どうやった――〈新宿〉の魔力か?」

「企業秘密だ」

冗談のつもりかと、京也は内心首をひねった。

「で、誰になんの用だ?」

「おまえの他にいるか。おれの子分どもを袋叩《ふくろだた》きにしてくれたな」

京也はちょっと考え、あいつらか、とうなずいた。

「恐喝《きょうかつ》と殺人の報《むく》いを受けた連中の意趣返《いしゅがえ》しか。〈魔界都市〉のチンピラにしちゃ古風だな」

「あいつらは、首の骨を折って病院へ行った。おれの用は別にある」

京也の眼が光った。

「おまえがやったのか?」

「そうだ。失敗《しくじ》ったら罰《ばつ》を、が〈新宿〉の掟《おきて》だ」

「高校生が秘密結社の真似《まね》かよ。で、どうしようってんだ?」

口先は軽いが、眼の前の惨状《さんじょう》が京也に決して油断をさせはしなかった。まともな敵のわけがない。

「おまえの身体《からだ》が欲しい」

京也が呆然とし、背後のジョニーは眼を丸くした。

京也の前に、ジョニーが口を開いた。

「君——ホモ？」

自転車のヘッドがきゅっとそちらを向くや、リン、とベルが鳴った。

「ぐわっ⁉」

断末魔《だんまつま》の恐竜みたいな叫びをあげて、ジョニーはのけぞった。耳を押さえた両手は激しく震えていた。超音波攻撃だ。京也や一家が平気なところを見ると、指向性らしい。

「十六夜さん⁉」

まだ偽名を呼んで、あやがよろめきつつ近づいて、偽者を抱きしめた。白眼を剝いている。

「余計な口は封《ふう》じた。だが、おかしな誤解をされても迷惑《めいわく》だ。おまえの身体が欲しいというわけは、これだ」

ライダーは右手を暗い額に当てた。一気に引き下ろした下から、別の顔が覗いていた。マスクだったのだ。

京也以外の全員が凍《こお》りつき、あやが悲鳴をあげた。学生帽の下の顔は白骨であった。黒い眼窩《がんか》の奥で、赤光が京也を見つめている。

「おまえ——死霊か」

素早くマスクを戻して、

「そうなるな。この身体は〈魔震《デビル・クエイク》〉のときに生命を失った抜け殻《がら》だ。肉も内臓《ないぞう》も腐《くさ》って落ち、残るは見てのとおりだ。温かい身体が欲しいのだが、これだと惚れ込むものがなかった。やっと見つけたぞ」

「勝手に決めるな。おれはごめんだぞ。さっさと成仏《じょうぶつ》しなよ。いつまでもこの世に未練《みれん》を残しているから、おかしなことを考えちまうんだ。あとのことは生きてる人間にまかせて、高いところへ行きな」

「生きてる人間が、そんなに大したものか？　生命があることは素晴らしいなんて、大人の使い古しを口にするな」

「おまえ、ひねくれてるなあ」

京也はしみじみと言った。

「そんな奴がおれの身体を手に入れてどうするんだ？　衆議院にでも殴り込むか？」

「捜しものがある」

「なんだ、それは？」

「身体を与えればわかる」

「その言い方はやめろ」

「そろそろやるか。用意はいいな？」

床に置いていた片足を、ライダーはペダルに乗せた。

「おれは〝ライダー〟と呼ばれてる。おまえは？」

「十六夜京也だ」

驚愕《きょうがく》が〝ライダー〟の身を強張らせた。

「十六夜——そうか、おまえが〈新宿〉を救った男か。おれの殺意さえ吹き消しかねない不思議な風が、その身体から吹いてくる。やっと納得できたぞ」

「ひょっとして有名人なのかね？」

親父が困ったような表情を京也に向けた。

「これは無知な輩《やから》がいたもんだ」

〝ライダー〟は呆れたように言った。

「おまえら、根っからの〈区民〉じゃないな」

「半年前に越してきたばかりだ。そういえば、ガイドブックで名前を見たような」

感心したように京也を眺める父と息子をふたりは無視した。

「とりあえず、表へ出よう。これ以上、この家を破壊しちゃ悪い」

「いいや」

〃ライダー〃がかぶりを振った――と見る間に、前輪が浮き上がり、そのゆるやかなイメージを抱かせたまま、凄まじい勢いで京也めがけて突進してきた。

「わわっ⁉」

悲鳴に車輪がのしかかり、またも凄まじい勢いで吹っ飛んだ。

「おお⁉」

と呻いたのは誰であったのか。いつ何処から抜いたのか、京也の右手に握られたひと振りの木刀――〃ライダー〃と凶車を受けた斜め上段の形から、今徐々に青眼《せいがん》へと移るその名は、

「『阿修羅』」

吹き飛ばされた壁際で姿勢を整え、かろうじて激突を免れた〃ライダー〃のつぶやきは、畏怖《いふ》に満ちていた。

2

京也がかぶりを振った。

「そのスピードじゃあ、『阿修羅』に及ばない。何度アタックしてきても、吹き飛ばされるぞ」

「それはご丁寧《ていねい》に。だがな、最初は出方を見るもんだろ」

その姿がふと消えた。刹那《せつな》――顎のあたりに気配が！

鈍い音にふさわしい衝撃が京也をのけぞらせた。間一髪《かんいっぱつ》防いだ『阿修羅』もろとも、背後の壁に激突する。

めまいを感じたまま左へ身をよじる！

もといた壁に穴が開いた。

ほとんど闇雲《やみくも》に右手を振った。手応《てごた》えはないが、

驚きの気配が遠ざかった。

「危ない危ない。その木刀で打たれたら動けなくなっちまう。だが、そっちもわかったろ？　おれの蹴《け》りをもろに食ったら、二発であの世行きだ」

冷たいものが首筋を伝わっていった。全身をひたす緊張の中で、京也は〝ライダー〟の言葉が正しいと骨身《ほねみ》に沁《し》みて理解した。顎への一撃を『阿修羅』で防がなかったら、間違いなく心臓麻痺《しんぞうまひ》で倒れていただろう。防いでもこの有《あ》り様《さま》だ。

「次は本気だ。避けられるかな」

〝ライダー〟が前のめりになった。

京也の眼の前に——消えた！

京也は前へ飛びつつ、身をひねりざま『阿修羅』で弧《こ》を描いた。チャリのタイヤを狙《ねら》ったのだ。頭上を風が流れた。

手応えはなく、起き上がった京也の前三メートルで、敵も体勢を立て直したところだった。

先に京也が言った。

「見えたぜ」

「ああ——やるな、その剣」

〝ライダー〟の言葉の意味は、『阿修羅』に触れたことで、その動きに遅延《ちえん》が生じたというものであった。

「大層《たいそう》な技を使うな。だけど、もうごまかされないぜ」

京也の脳裏《のうり》を、眼前から消失する寸前の〝ライダー〟の記憶がかすめた。

サドルの上に頭を乗せて全身を支え、右へチャリをまわすと同時に右蹴りを放ったのだ。

それはサドルを路上に見立てたブレイク・ダンスともいえるだろう。〝ライダー〟は、それを百倍もの速度で可能にするのだった。しかも、変幻自在《へんげんじざい》にその動きを変えるチャリの上で。

京也は静かに木刀を下段に構えた。

「危《やば》い。ひとまず退《ひ》くぜ」

〝ライダー〟は頭上を見上げた。

「これくらいはできるかな」

京也が前へ出るより早く、チャリは舞い上がった。二階の床の穴に吸い込まれ、屋根の方で重い響きがあがり、不意に静かになった。靴底《くつぞこ》で軽く床を蹴っただけにしては、凄い芸当だ。

「来たところから帰ったか」

全身の疲労《ひろう》を胸のチャクラへ吸収しながら、京也は脱出孔《だつしゆつこう》から眼を下ろした。

チャリの前輪を持ち上げざま、床を蹴って虚空《こくう》に舞う——信じられぬ技倆であった。だが、

「ここは〈新宿〉か」

自然に口を衝いた。


戸口の方で気配が動いた。ジョニーがドアを開けるところだった。

「何してる、行くぞ」

声をかけると、びくっと立ち止まり、にこにこ顔で振り向いた。

「話を聞いてくれ」

「しゃべるな」

「えーっ⁉」

「詐欺師の武器は口だ。放棄《ほうき》してもらおう。しゃべったら失神だ」

「許してあげて」

あやがすがりついてくるのを、京也は軽く身をひねってかわし、その右手を摑んだ。案《あん》の定《じよう》、果物ナイフを握っていた。取り上げて、父親の足元へ放った。

「娘を傷害犯にしたくなかったら、何すりゃいいか

わかるだろ？　この次は警察へ行くぜ」

それから眉をひそめて、耳を澄《す》ませた。

「近くにいたらしいな」

と言ったときはもう、パトカーのサイレンが玄関《げんかん》の方からやってきた。

「みんな、あんたのせいにしてやる！」

と京也を指さすあやを、父親が肩を摑んで揺すった。

「もうよせ！　この人は〈新宿〉を救った英雄だ。おまえの言うことなど、誰も信じちゃくれん。その——十六夜くん、あきらめてくれたまえ」

家族にとって、十六夜京也とは、なおもジョニーのことなのだ。

京也は宙を仰《あお》ぎ、偽者《ジョニー》は肩をすくめた。

やってきた警官に事情を話すと、

「わかった。とりあえずふたりとも一緒に来てくれたまえ。あとは我々にまかせてもらおう」

京也の名前のせいか、警官は丁寧な口調であった。

パトカーが〈新宿警察署〉に着くと、京也とジョニーは引き離され、京也は取調室ならぬ応接室へ通された。

先客がいた。

京也は、あー!?　と呻いた。

「また疫病神《やくびょうがみ》の登場だよ、すまない」

にこやかに片手を差し出したのは、世界の命運を握る大事に限って京也を〝魔界都市〈新宿〉〟へ招く男——地球連邦政府情報局日本支部長・山科大《やましなだい》であった。

「なんの用スか？」

こう訊いたのが間違いのもとであった。広いともきれいともいえない警察の応接室で、京也は聞きたくもない、世界の危機に関する話をまたも聞く羽目《はめ》に陥《おちい》ったのである。

山科局長が言うには、一週間ばかり前、この〈新宿〉へ、国際刑事警察機構《インターポール》対テロ総局が指名した最凶悪テロリスト〝カダス〟が侵入したとのことであった。

その名は京也も知っている。

決して他のメンバーと組まず、常にひとりで目標——多くは政府要人だ——を殺害する凶人だ。テロリストは、その所属する国、機関にとっては英雄に違いないが、カダスはそのような呼称を与えられたことがなく、それどころか孤高《ここう》とも遠い〝子供殺し《チャイルド・キラー》〟の名を世界六十二カ国から冠《かん》せられている。

「何処の国も誰ひとりとして彼を支持する者がいないのだ。これでは経済的に活動が成り立たない。だが、カダスの活動は熄《や》むことなく続き、彼の名を世界が知ってから十年の間に、五十万人が犠牲《ぎせい》になっている」

「年に五万人——うええ」

京也が苦鳴《くめい》を放ったのもむべなるかな。カダスのテロ行為の一大特長は、徹底した無目的にあった。

いかなる無慈悲《むじひ》なテロリストにも、その行動原理が存在する。少数民族の大国への抗議《プロテスト》から、トラブルで家族を失った者の復讐《ふくしゅう》まで、それはテロの数だけ存在するものだ。

カダスにはそれがなかった。

政治的理由でも個人の怨嗟《えんさ》でもなく、彼は人間の集まる場所に爆薬を仕掛け、大海原《おおうなばら》を行く巨大客船を沈め、原子炉《げんしろ》を暴走させた。エンパイア・ステートビルの展望台から超小型誘導《ペンシル》ミサイルを無差別に発射し、NYの八割を焼け野原と変えた。

「あのときは、展望台に『真珠湾《パールハーバー》万歳《ばんざい》』のメモが貼《は》りつけられていた。おかげで在米邦人の半数がテロリストの疑いをかけられ、警察の尋問《じんもん》を受けた。この騒ぎが沈静化するには、事件からきっかりひと月後、シベリアのモクジョイル原発の原子炉が暴走し、結果的に三万人の犠牲者を出したあの惨事で、『ワシントンの桜を見にきたまえ』と書かれたメモが発見されることが必要だった。世界は、この十年、たったひとりのテロリストのためにおちおち眠ってもいられんのだ」

「それとおれと——何か関係があるんですか?」

今回は何がなんでもこいつに乗せられないぞ、と決意して、京也は結論へ飛んだ。

「カダスは、その顔も年齢も国籍、性別さえも知られておらん。目撃者が存在しないのだ。ただ、その持つ能力の一端《いったん》は、我々の知るところとなった。パリの凱旋門《がいせんもん》が炎上させられたとき、及《およ》びスペインのアルハンブラ宮殿《きゅうでん》が半ば破壊させられた際、どう調査しても、爆発物の痕跡《こんせき》が発見できなかったのだ。そして、国連の超能力調査委員会のトップ・エスパー三人が、二カ所を徹底的に捜査したあとに、こう断言した〝破壊は思念によるものだ〟とな」

京也は天を仰ぎたくなった。

「おれは、名前を騙った結婚詐欺師を捕まえにきただけです。もう用が済みました」

「カダスとは〝混沌《こんとん》〟の意味だ。奴はそれを求めているとしか思えん。そして、〝混沌〟を創造するのは、形ある武器ではなく、人間の思念ときた。十六夜くん——」

「失礼します」

京也はためらわずドアへと向かった。

「カダスが〈新宿〉へ来たのは、新たな破壊を事とするために間違いない。たとえば、ここが地上から消えたら、どんな事態が生じると思うかね？」

「世界は百倍マシになります」

「高校生がシニカルになるのはよしたまえ」

あんたのせいだと思ったが、京也は口を噤《つぐ》んだ。

無論、山科局長は、自分を憎悪《ぞうお》する者などいるはずがないという表情で、すらすらと続けた。

「〈新宿〉という土地が消えても〈亀裂〉は残る。その底に何が存在するか、本当のところは永遠の謎だろうが、二一三の異物が地上まで上ってきた事実があるのだ」

「へえ」

「そいつらはひと晩のうちに百人近い人間を餌食《えじき》にし、極秘裡《ごくひり》に始末するのに、〈区〉は八日間を要した。その間の犠牲者は二千人に及んだ。こいつらの仲間が、わさわさと〈亀裂〉から現れたら、世界はどうなると思う？」

千倍よくなると思ったが、これも封印《ふういん》した。

「とにかく、〈新宿〉をカダスの爪《つめ》にかけさせてはならん。それは世界の命運を負に決するからだ。そして、彼の破壊活動を食い止められるのは、同じ思念の使い手による他はない。念には念をもって向かうのだ。十六夜京也くん、念法はなお健在だろうか。頼む、もう一度、世界のために振るってくれたまえ」

両手をテーブルにつくや、山科は大きく頭を下げた。

うぎゃあという絶叫を京也は聞いた。自分の声に間違いない。

「断ります」

きっぱりと言った。

3

「なぜかね？」

山科局長の表情は凄絶《せいぜつ》であった。

「これまでの連中に比べて、能力的に勝るとは思えんが」

ガイセンモンを吹っ飛ばす奴がかよ、と京也はまた思い、また沈黙を守った。

しかし、拒絶の理由は口にしなければならなかった。

「その、今までの奴らには、なんというか、可愛げがありました」

山科は、なんだそりゃ、という顔つきになった。

「——つまり、その、どう見たってこの世の者じゃない。だから、戦っても、夢物語の魔物を相手にしているようで、骨まで沁み通るような切実感は感じなかったんです。ところが、今度のは本物のテロリストだ。姿形は知らないが、世界中に破壊を振りまいているのは間違いない。生々しすぎるんですよ。こいつは本気で、血まみれになりながら戦うしかない。勝つには、相手にもそれ以上の血を流させるしかない。夢多き高校生には、まだそういうの苦手《にがて》なんです。大人が頑張って下さい」

「大人だの子供だのと言ってる場合ではないのだ」

局長の声が厳《きび》しくなった。

「世界を救えるのは、またも君しかおらん。理解してもらえるはずだ」

「国連にも超能力者部隊は養成されてるはずですよ」

「ざっと五千名——」

山科局長は溜め息をついた。

「だが、君と比肩《ひけん》するどころか、足元にも近づけたのは、ただのひとりもおらん。君はまさしく最後の王手《チエック・メイト》なのだ」

「おれは二度、世界を救ったらしいんですが、三度目は無関係でいたいと思います。責任は誰かが負って下さい」

山科局長は腕を組み、瞑目《めいもく》した。今だ。京也は素早く応接室を出た。振り返りもしなかった。

長い廊下を歩いて玄関に出ると、制服の婦人警官が追ってきた。

「あなた、十六夜くん？」

「はあ」

「あなたの名を騙った詐欺師を連れてきたのよね」

「はあ」

不吉な予感が胸を震わせた。

「ちょっとこっちへ」

と、人けのない廊下《ろうか》へ連れていき、

「――彼、逃亡《とうぼう》したの」

「は？」

ここ警察じゃないのかよ、と思った。

婦人警官の話では、やはり婦人警官に尋問《じんもん》を担当させたらしい。

「阿呆か」

天才的な結婚詐欺師と伝えていたはずだ。

「で、どうなったんです？」

「尋問係と付き添いは、彼が戻ってきて結婚してくれると言ってるわ。私は見ていないけど、そんなにハンサムなの？」

「牛の中では」

「はあ？」

「いや。あの、追いかけます。ありがとうございました」

「当てはあるの？」

「いえ、あいつにとっちゃ、どんな家も我が家だし、どんな人間も家族なんです。逆に言うと、何処へ行っても奴に会えるはずです」

「——それは、そうだけど」

顎に手を当てて考え込む婦人警官に挨拶して、京也は署を離れた。


とりあえず、〈区外〉へ。

タクシーの運転手に〈四谷ゲート〉と告げてから、京也はシートの背に身をもたせかけた。

凱旋門も宮殿も、睨みつけただけでドカンとやれる男相手に戦うつもりなど、髪《かみ》の毛の先ほどもなかった。

結婚詐欺師もドカンといってしまえ。生命あっての物種《ものだね》だ。


「兄さん、大学生かい？」

走りだしてすぐ、運転手が訊いてきた。

「とんでもない。高校だよ」

「そうかい、大人びているから、大学くらい行ってるのかと思ったぜ」

「ははは」

我ながら、虚《うつ》ろな笑いだった。

「うちの娘もよ、来月嫁に行くんだが、ちょっと老《ふ》けてな。いつも二つか三つ上に見られるとこぼしてたよ」

「お、め、で、と、う」

親父の娘自慢《じまん》か、こりゃ長くなりそうだ。

「相手は〈区外〉のサラリーマンなんだが、若いのに大企業の係長やってるエリートだそうだ。なのによ、わざわざ家に入ってくれるというんだぜ」

「そりゃあ」

物好きな、と言いたかった。

「ほらよ」

ついに運転手は肩越しに写真をよこした。

「どーも」

ひと目見て、京也は運転手の背中を見つめざるを得なかった。

二つか三つ老けて見られる？　彼氏が係長と言われたときに気がつくべきだった。

三十過ぎのおばんが、にやにやとVサインしてたっていくつだかわかりゃしない。なんだ、隣の赤いトレーナー着た禿《は》げ親父は？　何処が若いんですか、係長？

京也は写真を返し、

「悪いけど、行く先変更だ。〈市《いち》ヶ《が》谷《や》河《かわ》田《だ》町《ちょう》〉の『慈善病院』までやってくれ」

「おお」

と答えて、運転手は若い客の心変わりを気にもしなかった。よくある話だ。

「信じられないよな」

と、独《ひと》り言《ごと》が聞こえたときもそれだけのことだった。

客の目的地変更が、彼の胸の中にある少女の面影《おもかげ》が、写真の女の中に揺曳《ようえい》していたためであり、今のひと言が、自らの心の動きへの感想ではなく、少女の年齢《とし》と女の年齢のギャップに対するものだとは、夢にも思いはしなかった。

京也は、しかし、さやかのために〈新宿〉へ戻るつもりはなかった。事情を話して〈区外〉へ退去《たいきょ》するよう説得《せっとく》するつもりだったのである。

車内から携帯をかけると、さやかはまだ病院にいた。これから手術があるので、二時間後にまた電話を下さいと告げられ、京也は携帯を切った。

病院にも時間つぶしの場所はいくらもある。

売店には一般書籍から週刊誌まで並んでいるし、生活用品も最新型が揃《そろ》っている。慈善病院クラスの規模になると、ゆっくりまわれば二時間いても三時間いても飽きない。

食堂もカフェテリアも〈区外〉の大ホテルに負けない豪華《ごうか》さを誇っているし、メニューなど、一流レストランのシェフがこっそり味見しにやってくるほどだという。

京也はまず売店へ行った。定期的に購入している漫画週刊誌《コミック》の発売日が今日だったのを憶《おも》い出したのだ。

お目当ての品と幕《まく》の内《うち》弁当を買い込み、カフェテリアで行儀《ぎょうぎ》の悪い遅目の昼食を愉《たの》しんでいると、

「育ちが出ているな」

ときた。

「どーも、坂巻さん」

イケメンの顔つきが変わった。彼は京也の背後にいて、京也は彼を見ようともしなかったのだ。

「――わかるのか？」

「気配でね。ミカンの食いすぎですよ」

「オーデコロンだが」

坂巻のこめかみで、青筋が震えた。

「それはどーも」

坂巻は隣の席に腰を下ろした。

「なんの用スか？」

京也は露骨《ろこつ》に面倒臭《めんどうくさ》そうな声を出した。

「僕が君のようなタイプの隣に座《すわ》るんだ。用件はひとつしかない」

「あげませんよ」

京也は幕の内弁当を手で囲った。

「そんな安物は食わん」

「そースか。あ、本も見ないで下さいよ」

コミック誌を閉じた。坂巻は逆上《ぎゃくじょう》した。

「なんたるセコさだ。羅摩くんは君のこういう本質を知ってるのか？　なんなら教えてやってもいいぞ」

「好きにしたら。こんなやり取りしてたって、お互い時間の無駄《むだ》ですよ。おれなんかに関わってないで、美人女医かナースでも口説《くど》いてたらどうです？」

「大人の男と膝突き合わせて、女の話をするのは苦手か？」

「はい」

京也は片手を上げた。

坂巻が握手をするように握った。

「これが念法を操る手か」

低く呻いた。

「不思議なパワーが流れ込んでくる。おお、温かい、温かい」

坂巻は手を離して苦笑した。

「いかんな、君が好きになりそうだ」

京也は一瞬、死について考えた。

「確かに時間の無駄だ。単刀直入《たんとうちょくにゅう》にいこう」

と坂巻は言った。

「僕は羅摩くんと結婚したいと思っている。ところが、彼女には意中《いちゅう》の男性がいるらしい。まさか、君とは思わなかった。どうだ、手を引いてくれないか？」

京也は胸の中で溜め息をついた。これ以上、話をそらすことはできなかった。

「あのね、手を引くとかどうとかというレベルじゃないんです。おれとさやか――羅摩さんは、ただの友だちっスよ」

「この世の中で、いちばん信用できない言葉がふたつある。ひとつは〝負けるが勝ち〟、もうひとつが〝ただの友だち〟だ」

「苛酷《かこく》な人生だったんですか？」

「とにかく、僕にとって君は最大の障害だ。どうすれば手を引いてくれる？」

「だから」

「手段を選ばないというなら、いくらでも手はある。だが、正直、そんなやり方は好きではないし、羅摩くんも望むまい。そこでだ、男らしく決着をつけようじゃないか？」

「喧嘩スか？」

「とんでもない。強《し》いて言えば試合だな。『流星流《りゆうせいりゆう》手裏剣術《しゆりけんじゆつ》』というのを知っているか？」

少し記憶を辿《たど》って、京也は、ああと言った。

「確か奈良時代に生まれた日本手裏剣術の始祖――江戸時代まで保《も》たなかったと思いましたけど」

「それが地道に命脈《めいみやく》を保っていたわけだよ。ここだけの話だが、闇の世界では欠かせない暗殺術としてね」

「へえ、あなた殺し屋ですか」

「よしてくれ」

坂巻はあわてて手を振った。通りかかった女性看護師が、ぎょっと彼を見て歩み去ったのだ。

「数百年の間に、暗殺術としても廃《すた》れ、我が家に伝わったものは、古臭い手裏剣術に過ぎなかった。だが、手裏剣そのものの性能には、注目すべき点があった。祖父と父の協力を得て、僕はその改良に取りかかった。この前、君に投げた品はそのひとつだ。並の人間ならKO間違いなしだったが、十六夜京也には通じなかったようだな」

「ああ、あれね」

坂巻の表情が、すうと変わった。右手が白衣の内側へ入る。

「ここにもう三本、あれとは似て非なる武器が用意してある。これを君に投げて、すべて受けられたら君の勝ち、一本でも当てたら僕の勝ち。負けた方が羅摩くんから手を引くことになる。ただし、死にはしないが、腕を折るくらいのパワーは出す。どうだ、乗るかね？　それとも、尻尾《しっぽ》を巻くか？」

# 第五章　鬼《き》屍《し》済々《せいせい》

## 1

「どんなやり方をしても、羅摩さんは怒ります。あなた嫌われますよ」

「多分、そのとおりだ。しかし、僕にはフォローし得《う》る自信がある。当面必要なのは、君という邪魔者の排除だ。どうだ、応じるか否《いな》か——これは、流星流手裏剣術と十六夜念法との戦いと思いたまえ」

　これが京也でなければ、真《ま》っ平《ぴら》だとそっぽを向いたであろう。坂巻もそれ以上の強制はできなかったに違いない。

　だが京也の胸の中には、このとき、自分でも抑えきれない熱い塊《かたまり》が、重く鈍く頭をもたげはじめたのだ。

　流星流手裏剣術対《vs.》十六夜念法——このひと言。

　それに応じて、京也のＤＮＡが蠢いた。抑えようとして抑えきれぬ闘士の魂《たましい》が。

　そんなつもりで来たんじゃないけれど——

「承知しました——いつ、何処で？」

と彼は訊いた。


　十分後、ふたりは病院の広大な裏庭——その片隅に立っていた。暮れはじめた空気の冷たさを遮《さえぎ》るべく、坂巻は白衣の右腕を揉《も》みほぐしているが、京也は普段のままだ。

　距離は七メートル。手裏剣の間合いだ。

「いくぞ」

坂巻が両手を垂らした。上段からの打ちではない。すくい上げるように放った。

魔性が介在《かいざい》しなければ、純粋に武術の戦いになる。

京也は顔を右へ傾けた。

黒い唸りが飛び去る。

――きてるな。

手裏剣は眉間《みけん》を狙った。貫《つらぬ》いて脳まで届く速さだ。込められているのは明白な殺意だった。

――次からは危ないぞ、こりゃ。

坂巻は無言で二本目を打った。

滑空《かっくう》距離が二メートルで、手裏剣から三角翼がせり出した。わずかずつ角度をずらしてつくられたそれらは、打ち出した手指の動きに合わせて気流を巻き込みつつ、五メートルの位置で倍速を得た。

京也を救ったのは、念法の技でも反射神経でもなかった。身体よりも右腕一本を動かしたのは「勘《かん》」であった。

必殺の手裏剣は、直立した木刀の刀身で撥《は》ね飛ばされた。

「『阿修羅』」

坂巻の殺気が激しく動揺した。

ふう、と京也は肩で息をひとつした。

「危ない危ない。そろそろやめてくれませんか?」

「手を引くかね?」

京也は、ん? と眉を寄せた。それから苦笑を浮かべて、

「そうか、さやかちゃんだったんだ」

と言った。

彼にとっては純粋な武道の戦いであったのだ。

「忘れてたのか!?」

あくまでも女ひと筋エリート医師は、逆上の極《きわ》みで最後の一本を投擲《とうてき》した。

それは京也まで一メートルの地点で縦に裂け、両脇を抜けるや後方三メートルで反転——唸りを立ててぼんのくぼへと走った。

無意識が京也の反撃を制した。上体をひねるや、その動きは右手に伝わり、右の一本を打ち落とし、間髪入れずもう一本を——

その瞬間、大地が揺れた。〈新宿〉には、なおも〝余震〟ともいうべき揺動《ようどう》が頻発《ひんぱつ》する。

わずかに崩れたバランスは、刀身の打った部分にも生じ、手裏剣の片割れは斜めに下降し、京也の右肩を貫いた。

滑り落ちた『阿修羅』を素早く左手に持ち替えたのは、剣士としての京也の腕の冴《さ》えだ。

「勝負あったな」

坂巻が歯を剝いて宣言した。

勝ち誇る坂巻と離れて、京也は病院へ戻った。手裏剣はすでに抜いたが、切先は骨まで届いていた。神経もやられたらしく、右手は一切動かない。

それでも楽観していた。戦場は病院の庭である。受付へ行って、治療を申し込んだ。

すぐに患部《かんぶ》の三次元透視撮影が行われ、極微《ナノ》マシンによる治療が決定した。

ナノ（十億分の一メートル）単位のコンピュータ内蔵治療メカが患部へ進入し、外科医も真っ青の腕を振るうのだ。

別の手術があるため、京也のは一時間後。ベッドがいっぱいなので、麻酔《ますい》を打ってから待合室で待機ということになった。

引っきりなしにやってくる人々の数に、京也は舌を巻いた。

緊急車《アンビユランス・カー》も休みなく訪れ、専用口から運び込まれた患者たちが、担架《たんか》のままで待合室を横切っていく。

まともな患者ばかりではない。妖物にやられたらしい顔の半分ない警官や、撃ち合いで右腕をもぎ取られた暴力団員風等々が、血まみれ姿で担ぎ込まれてくるのだ。

当然、血が飛び、苦鳴があがる。京也を驚かせたのは、他の患者たちの応対であった。身体が溶けかけたやくざに席を譲り、励《はげ》ましの声をかけ、介護師を手伝う。〈区外〉の病院では縁がないどころか、あり得ない光景であった。

気難しそうな老人が、風邪《かぜ》引きの孫の名がアナウンスされたとき、隣でぐったりしている老婦人を見て、我慢《がまん》せいと孫に言い、孫もうんとうなずいて、老人が受付へ順番を譲ると申し出たとき、京也はほとんど手を叩きそうになった。

思ったより早く名前が呼ばれたとき、彼は隣を見た。

三角巾《さんかくきん》で右腕を吊《つ》った七－八歳の女の子が、彼を見て微笑した。そばの母親が品のいい顔を向けて、

「順番譲るのはなしですよ」

と言った。

この病院では、いつものことなのだ。

京也は黙って頭を下げ、手術室へ向かった。

背後で自動ドアが閉じた瞬間、爆発が生じた。

のちに「〈魔界〉の釜《かま》が開いた」と称された熱爆発は、病院のホールをまさしく煮《に》えたぎる大釜《おおがま》に変え、爆発物の痕跡《こんせき》が一切見つからぬ、無から生じた十万度の炎で百人以上の人々を焼き尽くした。

京也が無事だったのは、爆圧が意外と低かったの

と、病院の壁とドアとが、テロを警戒した強化処置を受けていたせいだ。

手術担当の医師と看護師らがいなければ、彼はすぐ部屋を飛び出していただろう。

病院のメイン・コンピュータが、ロビーへの消火作業に取りかかり、スタッフの参加を許可したのは、十数分後であった。

救出作業は、通常より静かに行われた。救い出すべき人々が存在しなかったのである。

白衣姿が往《ゆ》き交《か》う中で、京也は呆然と立ちすくんだ。

誰かが、テロだと言った。

〝カダス〟と聞こえた。

右を向くと、山科局長が立っていた。

「思念による爆発と破壊だ」

現場を見まわしながら、局長は小さくつぶやくように言った。

「カダスに対抗できるのは、君だけだ」

よしてくれ、と京也は、これも負けじと小さな声で言った。

「とても、おれの手にゃ」

「京也さん」

呼ばれて振り向いた。

看護師姿のさやかが、涙を浮かべていた。

「無事ですか?」

「ああ、なんとか」

と答えて、山科局長の方を見た。

いない。

幻影だったのだ。

「すぐ退去して下さい。これから大変です」

退去か、と京也は胸の裡《うち》で反芻《はんすう》した。

おれは〈新宿〉を退去するつもりでここへ来た。

君を説得しに、だ。

「残るのかい?」

と訊いた。他に訊くこともなかった。

「わたくし――看護師ですから」

さやかは京也を見つめた。いつもと同じ清々《すがすが》しい瞳に詰まっているのは、愛《いと》しい者の無事を確認した安堵《あんど》と、未来への苦悩だった。

「おれは――」

と言いかけたとき、通りかかった医師が、さやかの肩を叩いた。

「何してる――私事《しじ》はあとだ。一緒に来い」

「あ、はい」

さやかは一瞬、京也に強い視線を当てて身を翻《ひるがえ》した。振り向かず、医師と一緒にロビーの奥へと向かう。

代わりに医師が振り向いた。

にやりと笑う顔の中に、白い歯がきらめいた。坂巻だった。

「無関係な人間は、速やかに退去したまえ」

少しの間、京也はその場に立ち尽くした。周囲には消火剤が白い渦《うず》を巻いていた。

小さくうなずいて、彼は病院を出た。

タクシーを止めて、ある名前を告げ、わかるかと訊いた。

「知らねえ者なんかいねえよ」

と運ちゃんは柄《がら》の悪い声で応じた。

「しかし、あんたも不幸だねえ、外谷良子のとこへ行かなきゃならねえとはよ」

「急いでくれ」

「あいよ」

勢いよくスタートしたショックにシートへ押しつけられながら、ある決意が京也の眼に凄まじい光を湛《たた》えさせはじめていた。

無関係な人間にも、退去以外にやるべきことがあるのだった。

2

『ぶうぶうパラダイス』の前で、京也は立ちすくんだ。閉じたシャッターに、「貸家《かしや》」と不動産屋の連絡先が書かれたメモが貼ってある。

「あちゃー」

と天を仰ぎかけ、メモの隅に小さいが太った文字がのたくっているのに気がついた。

「ん——？」

眼を凝らすと、

「『ぶうぶうパラダイス』は、下記の『スカイラーク』に移動しました、ぶう」

とある。

「ぶう」

憮然《ぶぜん》とつぶやいてから五分ほどで、京也はファミレスのドアをくぐった。

店内はごった返していたが、目標はすぐに見つかった。

テーブルを三つ、まるまる占拠《せんきょ》して料理の皿が並んでいる。全て空《から》であった。

今なお続いているSF活劇シリーズに出てくるなんとかハットというエイリアンそっくりの女が、げーぷげーぷと満足そうに五段腹を撫《な》でている。

「よお」

と声をかけて、テーブルのこちらにかけた。

「おやま。『慈善病院』では失礼したのだ」

〈新宿〉一の情報屋は、別人のように人懐《ひとなつ》っこい笑顔を見せた。

「ひとつ訊きたいことがある。テロリストの居場所だ」

外谷はにやりと笑って、

「さてね」

京也はピンときた。

「おい、口止め料を——」

ぐふぐふという声が迎え撃った。表情からして笑い声らしい。

「なんにもわからないのだ、〈区外〉のことは——けど〈新宿〉なら、人食い大ネズミの動向だって五分おきに教えてやるのだ」

「〝カダス〟の居場所だ」

「なんにでも例外はあるのだ」

そそくさと立ち上がり、テーブルの向こうへ出ようとして、外谷は立ち止まった。うむうむと球体《ボール》のような身体が努力しているところをみると、つかえてしまったらしい。

「助けてやるから答えろ。料金は地球連邦政府が払ってくれる」

「生命あっての物種なのだ」

「〈新宿〉にカダスといる限り、生命は保証できない。奴の狙いは〈新宿〉の破壊と、〈区外〉すべての滅亡だ」

「ひええ」

外谷は両生類のような分厚い唇に、ミットのような手についている芋虫《いもむし》のような指を突っ込んで、ワナワナと震えた。つかえたままだから、妙にさまになっている。

こりゃ効いたな、と思い、京也は声に迫力を乗せた。

「あんたの身は地球連邦が保護してくれる。絶対に安全だ。頼む、カダスの居場所を教えてくれ」

「でかい声を出さないのだ、ぶう」

外谷は怯《おび》えきった眼で周囲を見まわした。こうなると疑心暗鬼《ぎしんあんき》という鬼は何処までも増殖《ぞうしょく》していく。今、外谷の眼には、ファミレスの全員がカダスに見えているに違いない。どちらに転ぶか。

「ぶうううう」

とデブは呻き続けた。一分、二分——京也を含め、周りの客も、なんだかわからないが、こりゃ駄目かなと思いはじめたとき、

「わかったのだ。今調べてやるのだ」

と外谷はうなずいた。

そのままの姿勢で、上衣のポケットから取り出したポケットPCを開いて、キイを叩きはじめる。その指でどうやって、と京也が舌を巻くスピードで約一秒。

「オッケーなのだ。カダスはここにいるのだ」

と京也の前に、小さなスクリーンを突きつけた。

読み取るには十分なサイズの文字が、
上落合《かみおちあい》一の××の×　『落合オデオン』

「ありがとう」

京也は心から礼を言った。

「それじゃ」

と身を翻す。

「ちょっと」

と外谷が止めたときにはもう、店の外にいた。

「地球連邦はどこにいるのだ、こら？」

叫ぶ外谷に、おびただしい視線が突き刺さった。

店内の全員が外谷を見つめていた。

すべてテロリストに思えた。

「近寄らないのだ」

外谷は震えに身をまかせて絶叫を放った。

〈大京町〉から〈落合〉まではタクシーで三十分かかった。長い道のりであった。

やることはいくつもあった。

まず、山科局長へ携帯をかけ、外谷の保護を依頼すると、局長が質問する前にオフにしてしまい、それから『慈善病院』へかけて、さやかを呼び出した。

『はい』

と出た。違和感《いわかん》が京也を捉えた。確かにさやかの声だ。それが、安い給料分《きゅうりょうぶん》しか働かないと誓《ちか》った事務員のように無愛想《ぶあいそう》なのである。

「あの――おれ――」

口ごもってしまった。

『十六夜さんでしょ』

同じだ。

『何かご用でしょうか?』

「いや、その……」

『ごめんなさい、今とても忙しくて手が離せません。切ってもいいですか?』

「あ? ――わかった。ごめん」

『いえ』

ガチャリ、ぷつん。鮮《あざ》やかとしかいえない断ち方であった。断たれたのは声ばかりではないことを、京也は右肩の凄まじい痛みとともに実感した。病院テロのあとからは麻酔さえ打たずに走り続けてきたのだ。

黙って携帯をしまった。胸の中に大きな穴が開いていた。痛みはないが、開くこと自体が悲惨な穴であった。

上半身のチャクラが回転を減らしていく。念を込めても上手《うま》くいかなかった。無意識のレベルで最低の精神状態なのだ。

「これで、いけるか?」

自問した。答えなど少しも欲しくない問いであった。

『落合オデオン』は、〈新宿〉でも最も古い映画館のひとつである。四十年以上前、小さいがたっぷりと資金を注入された豪華な劇場《こや》は、区内の同類が軒《のき》並《な》み倒壊《とうかい》する中でなんとか持ちこたえ、外見とは異なる頑丈《がんじょう》さを誇示《こじ》した。

現在《いま》も営業を続けているはずだ。

京也が玄関に到着したときも、若いカップルがふたり、手を繋《つな》いで入館するところだった。

小さな劇場なので、人件費を削《けず》るためか、切符売り場にはチケット・マシンが一台立っているきり。売店もでかい自販機だ。ただし、せんべいやピーナッツといった乾《かわ》きもの以外にも、焼きおにぎり、焼きソバ、タコ焼きにピザと、メニューはファミレスに負けない。

アルコール抜きのディモス・ビールだけ買って、京也は入場した。食欲はゼロである。

入《い》りは半分だが、みなきちんと背を伸ばしてスクリーンに見入っている。

二本立てのプログラムは、『決闘オレゴン街道』と『十三人の刺客』――西部劇と時代劇、しかも、古典《クラシック》もいいところだ。

まずい、と思った。相手は思念破壊者《サイキック・デイザスター》だ。京也との戦いで念破壊が生じたら、客たちも巻《ま》き添《ぞ》えではすまない。しかも映画館は二十四時間営業だから、客足が絶えることはまずない。

この手の大量収容施設は、妖物に狙われる可能性も高いが、それさえクリアすれば、深夜うろつくホームレスらにとって、格好《かっこう》の避難所《ひなんじょ》に化けるのであった。

「――外で闘《や》るしかないな」

京也は結論した。

いちばん後ろの列に腰を下ろした。右隣はひとつ空けて父親と五歳くらいの男の子だ。

京也が席に着くと、すぐに男の子が声をかけてきた。

「さっき、病院で見た」

やや嗄《しゃが》れ気味の男の声がした。

「え？」

愕然となる京也へ、

「よくここがわかったな。情報屋にでも駆け込んだか」

京也は信じられない思いで男の子を凝視した。濃い緑のブルゾンとジーンズ――服装も顔つきも、平凡そのものだ。人混みに紛《まぎ》れたら、当人が名乗り出ない限り二度と見つかるまい。

父親は知らん顔で映画に見入っている。

「父親は眠り男状態だ。『ツェザーレ』とかいったか。もっとも〈新宿〉の妖物ではなく、おれが術をかけたのだが」

「憑依霊《ひょういれい》か？」

「霊とはいえまい。身体は最初から持っていない。おれは〝混沌〟から生まれたのだ。このネーミングは正しい」

「ネーミングね。それにしちゃ、上手い日本語だぜ」

「おまえの国の言葉はしゃべっておらん。おまえが勝手にそう読み取っているだけだ」

「は？」

「別の国の人間には、その国の言葉で聞こえる。おれは何歳だと思う？」

「四十代半ば」

「この男の子の友だちなら、同い年の子の声に聞こえる。おれに対する先入観がないからな。もっとも、男に聞こえるか女に聞こえるかは、その子によるが」

「あんた──何者だ？」

世界中のテロ関係者が、最もしたい質問を京也はした。

「〝カダス〟──混沌だ」

「なんで世界を壊してまわる？」

「おかしなことを訊くな」

男の子は苦笑を浮かべた。それも京也の精神《こころ》の動きに過ぎないのかもしれなかった。

「世界は全て混沌から生まれた。おれはそこへ戻りたいだけだ」

「なら、勝手に行きゃいいだろうが」

「ところが、おれだけがそうなるわけにはいかんらしい。生まれたときから、それはわかっていた。おれにも理解できない深い部分からの声が、こう告げていたからだ。世界が混沌に戻るとき、おまえの望みが叶《かな》う、とな」

「気のせいだよ」

我ながら嘘っぽちだと京也は思った。

「そういう連中は、この国にも腐《くさ》るほどいる。神さまのお告げだ、天使の声を聞いた──そして、爆薬のスイッチを入れるんだ。神さまの命令だ、自分は悪くない。そして捕まると、今は反省している、生きて償《つぐな》いたい、だ」

「そんなつもりはないし、考えたこともない」

男の子は鉄の声で言った。

「おれの望みは、生まれたところへ帰ることだ。そのための行動に善《よ》いも悪いもない。そしてついに見つけた。ここさえ破壊すれば、世界も虚無《きょむ》に還《かえ》る運命の中心を」

「考え直したらどうだ?」

無駄と知りつつ、京也は提案《ていあん》してみた。

「この世界も案外いいもンだぜ」

「日に数万の生命が、なす術《すべ》もなく失われていく世界がか? それが自分のせいでないとしたらどうだ? 失われていく生命は誰にその不条理を訴えたらいい? 彼らは恨《うら》むしかあるまい。誰かを何かを、だ。おれは多くのものを見てきた。微生物同士の闘争から巨大な竜《りゅう》もどきの争い、そして、初めて己《おの》が手で己が同胞《はらから》を殺したおまえたちの祖先の獰猛《どうもう》さもだ。生命は他の生命を踏み台にして長らえる。踏みつけにされた者たちの怨嗟《えんさ》は、常にこうだ。こんな世界へ生まれてきたくなかった。こんな世界など滅びてしまえばいい。彼らはすべて、おれの同志だ」

「しかしな、おれたちはなんとかここまでやってきたんだよ」

京也は自分の声から怯えが失われているのを知った。肩の痛みはなお激しかったが、それを意識させない熱いものが、彼をいつもの彼に——決して背中を見せぬ勇気ある若者に変えていた。

「あんたの言い草が正しけりゃ、世界は嘆きの果てに、とっくに滅んでる。だが、そんな無茶苦茶で理不尽でいい加減な人間が、なんとかここまでやってこれたんだ。多分、これから先もなんとかなる。おれはそっちに一票を入れるよ。そんなに混沌に戻りたきゃ、いい医者を紹介するぜ」

「邪魔をするな」

「お互いさまだ」

「——では、これ以上話しても無駄だ。最初からそうだったがな。この世界が、果たして守るに値《あたい》するものかどうか、ようく考えながら死ぬがいい」

不意に少年は、かくんと首を折った。

脱《ぬ》けたな、と思った。今度は誰の身体と声を借りる？

3

画面の方で、竹を叩くような音が鳴り響き、黒ずくめの剣客《けんきやく》が喜色《きしよく》を浮かべた。

彼ら十三人は、癇癖《かんぺき》非情な将軍の弟を暗殺すべく、参勤交代《さんきんこうたい》の帰途《きと》、ある宿場《しゆくば》を借り切って一行を襲った。今の音は、暗殺成功の合図なのだ。

別の合図であったかもしれない。

静寂《せいじやく》に包まれていた場内に、いくつもの気配が動いた。

観客が一斉に立ち上がったのだ。

その誰かの声に違いない。


「ここは隠《かく》れ家《が》ではないぞ。おれにその類《たぐい》は必要ない。ここを選んだのは、必ず客たちが押しかけ、乗り移るのに便利な奴を選べるからだ。おまえは、これまで見たこともない最適な人間だが、容易《ようい》に言いなりにはならん不可思議な力を持っている。気の毒に。そのせいで今、おれより早く混沌に還らねばならん」

スクリーンで黒ずくめの武士が、おっ？　と呻いた。敵のひとり――藩《はん》の重臣《じゆうしん》を見つけたのだ。武士に怯えはない。彼は真っ先に刺客《しかく》に選ばれた無双《むそう》の達人《たつじん》なのだった。

客たちがぞろぞろと動きだした。通路へ出る者はいない。みな、無表情に椅子《シート》の背を乗り越え、京也の方へやってくる。

絶叫とともに、敵が駆け寄ってきた。黒ずくめの武士はこれも闘志満々で迎え撃つ。

素早く通路へ出て、京也はドアまで後じさった。

右手には『阿修羅』があった。

今まで彼のいた席から、若い女が声もなく躍りかかってきた。

敵の剣を武士は下段から受けた。

京也は下段から女の脇腹を狙った。

きん、と音をたてて刀身は半ばから折れた。武士の剣が。

女は吹っ飛んだが、凄まじい激痛が京也の手から『阿修羅』を泳がせた。

武士の顔からも全身からも不動の自信は根こそぎ失われた。彼は剣を取ってこその達人だったのだ。

三人ばかりが飛びかかってきた。爪《つめ》を立てようとする手の下で、京也の身体は信じられぬ速度で動いた。爪はことごとく空《くう》を切った。

敵の手足は刃物と思え——父・十六夜弦一郎はこう教えたのだった。

それでも数人が追いついた。ジャンプをするその下で、京也は動かない。

剣を失ったとき、武士は自信も魂《たましい》も失った。刀を求めて逃げ惑《まど》い、悲鳴をあげる彼の身体に、敵がのしかかった。

「ぎえええええ」

それはスクリーンの武士があげた断末魔《だんまつま》の叫びか、現実の京也の声だったのか。

どっと前のめりになる客たちの前方に、すっくと立ったのは十六夜京也。『阿修羅』はその左手に握られていた。

ドアへ体当たりを敢行《かんこう》し、京也はロビーへ出た。雪崩《なだれ》を打って客たちが追いすがる。今度は京也から仕掛けた。

駆け寄ってくる連中に正面からぶつかるや、その頭頂に上段を打ち込み、眉間には突き、横面、肩、脇腹、太腿《ふともも》——千変万化《せんぺんばんか》する相手の動きにことごとく合わせて刀身は閃《ひらめ》いた。

前方に突きを出せば、次は横薙《よこな》ぎの一刀が肋骨《ろっこつ》を叩く——と見る間に、刀身は反対側の腋《わき》の下を通って、後方の敵の鳩尾《みぞおち》をえぐっている。ロビーには、たちまち人の山ができた。

残った数名のうち、母親と手を繋いだ六－七歳の少女が、つくづくという風に京也と床上の敗北者たちを見つめて、

「三十六人——指一本触れさせずにダウンさせ、しかも、生命は奪っていない。恐らく骨はひびも入ってはいまい。名前のある技か？」

最初と同じ声の主だ。

「十六夜念法」

と京也は答えた。少し自慢げである。

「この街へ入るとき、確かにその名を聞いた。語る子供たちの誇らしげだったことよ。今ようやく納得《なっとく》したぞ、十六夜京也。だが、子供たちは、今日から泣かねばならん。おまえは喜べ。〈新宿〉の伝説となるからだ」

「真《ま》っ平《ぴら》だ」

その間にもエネルギーが蓄積《ちくせき》されていくのを、京也は感じていた。念法のエネルギーは、人体内に存在する七つのチャクラの回転によって充塡《じゅうてん》される。チャクラとは精神エネルギーの製造工場であると同時に、放出孔《こう》でもあり、通路でもある。そして高度な精神的修行を積んだ者のみが、チャクラの稼働を自在に制御することができるのだ。聖人の後頭部にかがやく後光は究極のチャクラの稼働時に生じるものであり、凡人は最も低レベル——下半身のチャクラの存在すら知ることなく一生を終える。七つのチ

ャクラのうち五つ――胸部のチャクラまではフル回転で生命エネルギーを吐き出し、六つ目――眉間のチャクラも、ゆるやかに回転を始めつつあった。チャクラの生むエネルギーは、下方から上るにつれて高次なレベルに達していく。

突然、全身が灼熱《しゃくねつ》した。身体の中心で生じた凄まじい熱気が、暴れ馬のように全身を駆け巡る。その風圧で手足がちぎれそうだ。

六つのチャクラが全力を挙《あ》げて、熱気を霊的冷却にかかる。九穴《きゅうけつ》から熱波が迸《ほとばし》るのを、京也は感じた。

「ほう、大したものだ」

カダスの声にも無残《むざん》な疲労《ひろう》があった。

「おれの炎は物理的エネルギーだが、それを霊的エネルギーで防ぐとは、よほどの高僧か妖術師以外は不可能だ。どちらかのエネルギーの性質を変えねばならぬのでな。だが、二度目に耐えられるか？」

相手はあどけない少女だ。

「その前に、おれを斃《たお》せばおまえの勝ちだ。だが、今のおれの頭を砕《くだ》けるか？」

――できない。

と京也は判断した。カダスが子供たちに乗り移るのは、このためもあったのだ。

立ちすくむしかない敵は、次々にカダスの火球に変えられてしまう。

「おれもさっきほどの力はないが、今のおまえを白い灰に変えるくらいはなんとかなる。死ね」

じわ、と鳩尾のあたりに熱気が広がった。腰椎《ようつい》のチャクラが反応し――すっと回転を落とす。疲弊《ひへい》しきっているのだ。

危《やば》い、と京也の潜在意識が呻《うめ》いた。

窓が爆発した。

ガラスの破片《はへん》を友に飛び込んできた自転車と、その運転者を、少女はじっと見つめた。前輪がその胸を打ち、母親もろとも後方へ突き倒すまで。

「乗れ！」

唸《うな》りたくなるほど鮮《あざ》やかなターンを京也の前に決めて、こう叫んだのは、学生服姿の〝ライダー〟だった。

「この辺を流していたら、おまえを見かけた。話は聞いた。戦いぶりも見た。急げ。無駄死《むだじ》にするな」

一瞬で決めた。京也は後部座席に飛び乗った。

ぐおんと、存在しないエンジンの唸りが聞こえたような気がした。

自転車は信じられない加速を身にまとって窓から飛び出した。

着地したのは、劇場前の通路だった。

衝撃で京也はサドルから滑《すべ》り落ちた。思った以上に、カダスの熱攻撃はダメージを与えていたのだ。

「しっかりしろ」

と〝ライダー〟が振り向いた。

次の瞬間、その全身は炎に包まれた。

京也は通りの端へ跳んだ。カダスの眼につかないように――と意識したのは、劇場の玄関《げんかん》へ入ってからだ。カダスの思念破壊は視界内の存在に限ると、実感としてわかった。距離にも限界があるに違いない。でなければ、京也はとうに何度も焼き殺されているはずだ。

自分でも意外な哀しみが胸を占《し》めていた。〝ライダー〟は、理由は知れず、しかし、彼を救いにきてくれたのだ。

弔《とむら》い合戦《がっせん》といくか。こう思ったが、気がつくと息も絶え絶えだ。

〝余計なことを考えるな〟

耳元で〝ライダー〟の声がした。

「え？」

首をひねっても、誰ひとり見つからない。

〝見えない見えない。忘れたのか、おれは憑《ひょう》依体《いたい》だ〟

「はあん」

〝実質を持つ肉や骨は溶けても、存在を焼くことはできん。安心しろ〟

「よかったな」

京也は心の底から言った。しかし、不安はすぐに抱きついてきた。彼は一応生身《なまみ》なのだ。

〝奴は逃げた〟

と〝ライダー〟の声は言った。

〝おれへの攻撃で、最後の力まで振り絞《しぼ》ってしまった。客たちも、じき正気《しょうき》を取り戻すだろう〟

京也は全身の力が抜けるのを感じた。

〝だが、奴も精神体だ。有機体《ゆうきたい》よりは早く回復する。ここにいると危険だ。さっさと尻尾を巻け〟

「嫌味《いやみ》ったらしい言い方をするな」

〝優しくささやいてほしいのか？　早ク逃ゲヨー、十六夜クーン〟

「やめろ」

〝なら、さっさと行け。おれのチャリを使うといい〟

よろよろと横倒しの自転車に近づいていく京也の背後で、足音が鳴った。

劇場のドアを開けて、客たちが姿を現したのだ。

その中のひとり——母親に手を引かれたあの女の子が足元から京也を見上げて、不思議そうな表情をこしらえた。他の客たちも足を止め、同じような目つきになった。脇腹や首筋を撫《な》でているのを見て、京也は首をすくめたくなった。

――一応、助けたんだがなあと言いたくもあった。

だが、疑惑《ぎわく》の眼は記憶を鼓舞《こぶ》することはできなかったらしい。胡散臭《うさんくさ》そうに京也を見ながら、客たちは歩き去った。

〝急げ〟

京也が自転車にまたがり、走行モードを〝AUTO〟に合わせてペダルも踏まずに走りだしたのは、それから二分後のことであった。

# 第六章　バイク娘の歌声

1

自転車を向けたのは、〈高田馬場駅《たかだのばば》〉近くの廃墟《はいきょ》だった。

張られているのは鉄条網《てつじょうもう》ではなく鎖《くさり》だ。気をつけていれば、十分身を守れる。

自転車ごと鎖を跳び越えて、京也は敷地《しきち》の真ん中まで行き、アスファルトの地面に横たわった。

いうまでもなく体力回復のためである。メフィスト病院まで保《も》たなくなったのだ。カプセル・ホテルも公園もあるが、万が一カダスの攻撃が再開された場合、周囲の人間を巻き添《ぞ》えにする恐れがある。

大の字になって夜空を見上げた瞬間、京也は絶望的に疲れているのに気がついた。カダスの攻撃は、心身ともに猛烈《もうれつ》なダメージを与えていたのだ。

幸い、五つのチャクラは、わずかながらも回転を維持しており、この廃墟に残留する死霊《しりょう》、悪霊《あくりょう》程度なら、近寄らせもしない。

〃しんどそうだな〃

〃ライダー〃の声の位置さえもわからない。

「ああ、死にそうだ」

〃しめた〃

「どうしてだ？」

自分の体を失《な》くしても、京也を救おうとした〃ライダー〃の言葉とは思えなかった。

〃なぜ助けたと思っている？　その身体を焼き尽《つ》く

されては困るからだ。おまえはおれのものだ〟

「死ねば楽に手に入るって、か？　絶対に生き延びてやるぞ」

〝別に急がん。しっかりやれ。おれとの戦いは最後でも構わないが、死体さえ残れば、その前にお陀仏《だぶつ》でも結構だ〟

「糞《くそ》ったれが」

罵《ののし》ったものの、とりあえずこいつは大丈夫そうだと京也は判断した。この辺が甘いとも大物《おおもの》ともいえる。

「どうして、今おれを襲わない？　いちばんやっつける確率は高いぞ」

〝気が向かない〟

「どうして？」

〝わからん〟

「おかしな野郎だ」

それ以上の詮索《せんさく》を京也は中止した。形のない存在の心理などわからないし、踏み込んだら厄介《やっかい》なことになりそうだ。

ふと、なんの脈絡《みゃくらく》もなしに記憶が閃いた。

「おまえさ、身体を手に入れたら捜しものがあるとか言ってたよな。なんだ、それ？」

沈黙が落ちた。気配はあるから、しゃべりたくないのだろうと京也は判断した。

「また余計なことを訊いちまったな。悪《わり》イ」

身体が温かい。チャクラの回転が速まって、念エネルギーが充塡されつつあるのだ。網膜《もうまく》に映る星も、かがやきを増したように見える。

「おや？」

と京也は悪戯《いたずら》っぽい笑《え》みを浮かべた。

〝どうした？〟

と〝ライダー〟が訊いた。

「ほお、やる気が戻ってきたぜ。人間、腹が減ると死にたくなるというのは本当だな」

〝今までやる気がなかったとは思えないが〟

「いいや、実は尻尾を巻いて、〈新宿〉から逃げるつもりだったのさ。何もかにも背を向けて、眼をつむり耳を押さえ、〈区外〉へ帰って布団《ふとん》に潜《もぐ》り込むつもりだった。〈西五軒町〉でおまえとやり合ったあと、おれは、タクシーで〈四谷ゲート〉へ向かっていたんだ」

〝なのに、なぜ戻った？〟

「魔がさしたのさ」

京也は微笑した。苦笑に近い。本来なら〈区外〉の叔父《おじ》の家で、熱い風呂《ふろ》につかっているところなのだ。

「カダスだかなんだかが、『慈善病院』のロビーを火に包んだ。おれは運良く助かったが、百人以上も死んだ。実はその前に、ある人物からカダスの消滅を依頼されてたんだが、おれは断った。とんでもない相手だったんでな。『慈善病院』へは、〈区外〉へ出る途中で寄ったのさ」

〝だからといって、テロはおまえのせいじゃないだろう〟

京也はまた苦笑した。

「おまえに慰《なぐさ》められるとは、な。でも、感謝するぜ。気が楽になった。なんとかやれそうだ」

〝もう一度、あれと戦うつもりか？〟

「ああ」

京也は手足を思いきり伸ばした。

「あのおっさんが言ったとおりだ。カダスをなんとかできるのは、おれしかいない。放っときゃ〈新宿〉は全滅だ。死なせたくない人も結構いるんでな。なんとかやってみるさ」

〝勝てると思うのか？　見たところ、おまえは身体の内部《なか》を焼かれてる。また、同じ目に遭いたいのか？〟

「遭いたいわけないだろ。何言ってんだ、おまえ。それに勝てるかどうかなんてわかるかよ。せめて相《あい》討《う》ちだな」

〝ライダー〟は少し沈黙した。すぐにこうきた。

〝好きな女でもいるのか？〟

「へえ」

わかるのか、と思った。次の瞬間、閃いた。

「ひょっとして――おまえもか？」

もっと長い沈黙。京也は待った。夜は始まったばかりだ。

冷風がふたりを叩いた。それに促されるように〝ライダー〟は話しだした。

〝おれは、〈魔震《デビル・クエイク》〉の当日、〈新宿〉の病院で死んだ。十七歳で癌《がん》にかかってしまったのさ。〈区外〉の高校から帰ってそれを知った恋人は、〈新宿〉へ急行し、〈魔震〉の犠牲になった〟

京也は小さく、わおと漏《も》らした。

〝瓦礫《がれき》の下から死体が見つからなかったことから、〈亀裂〉に落ちたという結論に達した。おれもこんな風になってから、底へと下りたことがある。何か途方もないものが、おれを追い返した。あいつがいる限り、恋人は見つからない。あいつを遠ざけ、恋人を見つけ出して地上へ運び上げてやりたい。これが、おれの〈捜しもの〉さ〟

「カッコいいな」

ひどく清々《すがすが》しいものが京也の胸を軽くしていた。

〝おれが死にさえしなければ、あの娘《こ》は〈新宿〉へなんか来なかった。おれを彷徨《さまよ》わせているのは、その思いだ。そのために、これまで何十人も殺してきた。〈区外〉なら殺人《さつじん》狂《きょう》だな。後悔《こうかい》はしていないが、知らん顔をしようとも思わない。あの娘を見つけ出したら、おれは喜んで地獄へ堕ちる」

「〈魔界都市〉」

と京也はつぶやいた。

それはおびただしい死から成《な》る街だった。そして、ここにもひとり、死を生み続ける男がいた。死者にも想いはある。それが尽きぬまま彷徨う者たちを、この街は嘲《ちょう》笑《しょう》と侮蔑《ぶべつ》をもって迎《むか》え、しかし、拒《こば》むことをしない。〝ライダー〟のような死者にとって、〈魔界都市〉は、実は救いの地なのかもしれなかった。

死者もまた蘇る。ひとりの娘を捜し求める若者のように。

「おれが勝つよう祈ってくれ」

と京也は静かに言った。

「もし生きていたら、次はおまえの恋人を捜しにいこう。約束だ」

〝ありがたい〟

と聞こえたのは、少しあとである。

「これも何かの縁《えん》だ。腐《くさ》れ縁ともいう」

京也はゆっくりと顔の向きを変えた。〝魔界都市〈新宿〉〟――その名を冠《かん》される街にふさわしいのは、今、廃墟の出入り口から近づいてくる禍々《まがまが》しい気配たちに違いない。

〝来たぞ〟

と〝ライダー〟の声が、何処か楽しそうに呼びかけた。

「あいよ」

と答えたものの、京也は大の字になったままだ。まだ体力が戻らないのである。

ほどなく、十人ばかりの人影が瓦礫を抜けて、京也を扇状《おうぎじよう》に取り囲んだ。

全員、高校二－三年くらいの娘たちである。

赤いマントで身体を隠しているのはいいが、顔には色とりどりのマスクをつけ、おかしな塗料《とりよう》を塗《ぬ》りたくって、この世のものとは思えないメイクを施《ほどこ》している。

――〈悪魔教〉か。

と京也は判断した。

魔性に影響された揚《あ》げ句《く》、悪魔《サタン》や魔女その他の魔物を崇拝《すうはい》するに至《いた》った宗教団体を〈新宿〉ではこう総称する。

それぞれが奇怪で剣呑《けんのん》な教義《きようぎ》を持ち、深夜、人けのない場所で、おかしな宗教的儀式を執《と》り行うが、最も手軽な開催地《かいさいち》が〈廃墟〉だ。

狂信的な団体はその目的のために殺人誘拐《ゆうかい》も厭《いと》わず、現実に悪魔の力を借りたとしか思えない超常現象の例もある。

中には一種のファッションや道楽《どうらく》の一環として結社された団体もあり、その多くは、酔狂《すいきよう》な有閑《ゆうかん》マダムや面白《おもしろ》半分のティーンズが組織したものだ。

真紅の全身から立ち上る凶気が、この連中は本物だと教えた。

「おかしなチェリー・ボーイがいるよ」

とひとりが京也を指さした。

「あーら、あたしたちの前に、あたしたちと同じことしようとしてンのかな?」

妙にかん高い、鳥みたいな声を出したのは別のひとり――異様に赤いルージュを唇《くちびる》と耳に塗った女であった。

「でも、こんなことなら、ボスに男漁《おとこあさ》りをしにいかせなくてもよかったのに。ねえ、キミ、なんて名前?　ここで何してンの?」

「休憩《きゆうけい》」

京也の答えに、娘たちは顔を見合わせる前に、噴き出した。堂々たる口調とセコい内容のミス・マッチがおかしかったのだ。だが、その声も笑い方も、その年齢《ねんれい》にふさわしい無邪気《むじゃき》なものではなかった。

ひとくさり笑ってから、

「ね、会えて嬉しいわ。協力してくれない?」

「何に?」

一応、京也は訊いてみた。

「あたしたちの祭り。見えるでしょ、いい月じゃないの? あたしたちの美しい祭りにもってこいの晩よ」

「やだ。もう帰る」

この返事は、娘たちの眼を一斉に光らせた。黒い——猛獣《もうじゅう》の眼であった。

「そう言わず、ゆっくりしてらっしゃいな」

ルージュの娘は京也を指さした。後方のふたりが音もなく滑《すべ》り寄って、京也の左右に身を屈《かが》め、マントを閉じたまま右手を突き出した。指の間からルージュの先が見えた。

そして、ふたりは京也の頭頂部《とうちょうぶ》から足の方へ、唇と同じ楕円《だえん》の朱線《しゅせん》を慣れた手つきで引いていったのである。

踵《かかと》の先で線《ライン》が繋がると、今度は京也の身体を輪切りにするように、足首から腿、腰、胸と線を引いていった。首をすませてふたりはすぐに仲間のところへ戻り、全員でにやりと笑った。

「もう帰れないわよ。ね、立てる?」

「わからない」

「?」

「まだ立てないんだ。身体の中が焼かれちまったんでね」

娘たちはまた顔を見合わせ、ルージュの娘の方を向いた。サブ・リーダーらしい。

娘は不気味《ぶきみ》そうに京也を見つめ、

「あんた何者だい？」

と訊いた。声が緊張《きんちょう》に強張っている。確かに京也の反応も台詞も、こんな状況に置かれた男子のものではなかった。

「学生」

「——そうだね。今のはどういう意味さ？」

「聞いたとおりだ」

娘の表情が怒《いか》りに歪《ゆが》んだ。

「ハッタリだろ。みんな気にしないで、始めるわよ」

声と同時に、娘たちはマントを撥ねのけた。

「へえ」

京也は眼を凝《こ》らした。瞳には、白い裸身《らしん》が妖しく蠢《うごめ》いていた。娘たちは一糸《いっし》まとわぬ裸身を月光にさらしていたのである。

京也が見つめている間に、娘たちは赤い羽根《はね》を閃かせる蝶《ちょう》のように躍って、敷地のあちこちに奇妙な形の祭壇《さいだん》や燭台《しょくだい》を造りはじめていた。

祭壇の後ろ——わずかに建ち残ったコンクリート壁《へき》に掲《かか》げられた絵は、紛《まぎ》れもない山羊《やぎ》の頭に人間の手足を持った〝悪魔〟の姿だった。

「まだ若いのに、悪魔信仰ごっこか。老け込むぞ」

京也の鼻腔《びくう》に、燭台に点《とも》された香料《こうりよう》入り蠟燭《ろうそく》の匂いが流れ込んできた。娘たちは床のアスファルトに、魔法陣《まほうじん》を描くのに夢中《むちゅう》だ。

月下《げっか》の神秘《しんぴ》な作業は十分ほどで終わった。

「大したもんだな。おまえたち美術部か？」

「どうかしらね。それより、何か欲しいものはある？　最後の頼みだ。大抵のことは聞いてあげるよ」

京也は、娘の剝き出しの乳房《ちぶさ》に眼をやり、

「一発どうだい？」

と訊いた。

そして仰天《ぎようてん》した。彼は何もしゃべっていなかったのだ。

「――〝ライダー〟、てめえ⁉」

違うと叫んだが、遅かった。

ルージュの娘の頰《ほお》がさっと赤く染まり、すぐに戻った。大した精神力だ。それどころか、

「いいわよ」

さっさと京也に近づき、ズボンのベルトに手をかけたではないか。

危うし京也――ただし、別の意味で！

2

撥ねのけようとしたが、身体は動かなかった。数本の赤い線が、強靭《きようじん》な鎖のごとく彼を呪縛《じゆばく》しているのであった。

「あちゃー。おい、〝ライダー〟なんとかしろ」

耳元で、

〝うーむ、冗談だったんだが〟

やや困惑気味《こんわくぎみ》の声がした。

「冗談ですむか、馬鹿野郎」

「――何よ⁉」

と娘が眼を剝いた。

「せっかく、首を斬《き》る前に望みを叶《かな》えてやろうと思ったのに。もう知らない！」

と立ち上がり、歩きだそうとして――また振り向

いた。年齢《とし》に似合わない媚笑《びしょう》と、年齢にふさわしい無垢《むく》な憧憬《どうけい》がその顔を埋《う》めていた。

「でも、キミってタイプよ。やっぱり良くしてあげる」

しめた、と喜んだところだから、またも逆戻りに京也は泡《あわ》を食った。

「いいから、行け。おれのタイプじゃないんだ。夜が明けてからデートしよ」

「あーん、駄目《だめ》よ。キミはじき死んじゃうんだから」

さっきの娘の言葉を京也は憶《おも》い出した。

「首を斬ってどうするんだ？」

「心臓《しんぞう》も取るのよ」

と娘はベソをかいたような表情になった。

「それから、ふたつをあたしたちの神さまに捧《ささ》げるの」

「神さまって――あれか？」

「そよ」

「ありゃ、おまえ、悪魔だろ」

「そうも言うわね。でも、あたしたちには、いろいろと願いを叶えてくれる神さま。呼び方なんて好き好きでしょ。問題は自分たちにとって崇《あが》め奉《たてまつ》られるかどうかよ」

筋《すじ》は通っている、と京也は納得した。

「だからつって、無関係の人間の首を斬るのはよくないぞ。中止しろ」

「そうはいかないの。あたしたち、よく儀式してるんだけど、噂になっちゃったらしくて、この頃、なかなか生贄《いけにえ》が見つからないんだ。だから、キミってネギ背負《しょ》った鴨《かも》なの」

「やれやれ」

遠くで、完成という声がした。ルージュの娘は、

京也のジッパーから手を離して残念そうに、

「もう準備完了？　惜《お》しいなあ。これで我慢《がまん》して」

いきなり顔を近づけ、京也の唇に唇を重ねた。

すぐに離すと、

「あら、ルージュがついちゃったわね」

マントの裾《すそ》でやさしく拭《ぬぐ》って、

「さよなら」

と身を翻した。

〝役得《やくとく》だな〟

からかうような声に、京也はついにキレた。

「ふざけるな。みんなおまえのせいだぞ。おれを自由にしろ」

〝悪いが、身体がないと何もできない。取り憑いてもいいか？〟

「ごめんだね。もう少しでなんとかなる。ギリギリまで待つさ」

〝好きにしろ〟

「しかし、おれより若いネーちゃんたちが、なぜ悪魔信仰なんかに凝《こ》ってるんだ？　あーゆーのは、爺《じい》さん婆《ばあ》さんの趣味《しゅみ》だろ？」

〝おまえは肝心《かんじん》なことを忘れてる。自分が何処にいるかをな。ここは〈新宿〉だ。あの娘《こ》たちが、よちよち歩きの幼児《ようじ》だったとしても、おれは驚かんな〟

「なら、驚くようにしなくちゃな」

驚きの気配が生じた。

〝本気《マジ》か？　いや、ひょっとして、おまえなら――〟

いくつもの足音が近づいてきた。

娘たち全員の顔を、京也は見上げた。

どれも冷たく虚ろだった。

「時間よ」

とルージュの娘が宣言した。娘たちが一斉にうなずき――顔を見合わせた。京也も重々しくうなずいたのだ。

「ちょっと、ふざけてない？」

「舐《な》められてますよ、副団」

「首斬る前にシメなくちゃ」

一同の抗議を受けて、ルージュの娘がうなずいた。

「仕方ないね。〈道案内〉を呼ぼう」

悲鳴に近い声が一同の口から漏れた。

「そんな……あたし、そこまで」

と激しくかぶりを振ったのは、シメろと言った娘である。

「いいや、ここはキツくやっとかないとね――下がって。喚《よ》び出すよ！」

「おい、ちょっと」

抗議する京也の視界から全員の顔が消えた。

足音が遠ざかり、少し間を置いて、奇怪な合唱が夜の廃墟に噴き上がった。

リズムも音程も何処かおかしいが、京也はそこに紛れもない悪魔召喚《しょうかん》の呪文《じゅもん》と、刃《やいば》のような情熱を感じ取ったのである。

〝本気だぞ〟

〝ライダー〟の声がささやいた。

「ああ。背中が熱い。地面の下から何か出てくるんだ」

〝おれに憑かせたらどうだ？　おまえより、こんな状況には慣れてる〟

「断る」

拒否した途端、廃墟全体が揺れた。

びしっとアスファルトに亀裂が走り、白煙が噴き上がった。

娘たちが鼻を押さえ、京也も顔をしかめた。

「硫黄《いおう》かよ。まるで絵に描いたようにピタリだ。ああ、恥ずかしい」

夜空で得体の知れない鳥が鳴いた。地上では獣《けもの》が吠えた。頭上の星が次々に姿を消していく。黒雲が湧き上がったのだ。

凄まじい揺れが京也を揺さぶった。

突然の風に娘たちがよろめき、硫黄の煙は荒海《あらうみ》の白い船団のごとく翻弄《ほんろう》された。

悲鳴があがった。

「違う――そっちよ！」

「男の子！」

いくつもの声の相手は、亀裂から出現していた。ボロをまとった黒い塊――それは確かに胸から上が二メートルもある巨人であった。大きな岩のような胴《どう》の上に、小さな岩のような頭部が載っている。

顔のやや上に真紅《しんく》の光点がふたつ、爛々《らんらん》と燃えていた。

腕もついている。問題はその何本指かわからない拳《こぶし》の中に、娘がひとり鷲掴《わしづか》みにされていることであった。

首をねじ曲げて、京也は、

「なんだ、あれ？」

と訊いた。

〝〈道案内〉――だろ〟

「だから、なんだ？」

〝多分、悪魔の下僕《げぼく》だ。どんな力を持ってるのかは、不明だな〟

「役立たず」

京也は上半身を起こした。摑まれた娘が悲鳴をあげた。

〝少し放っとけや〟

「どうして？」

〝おまえの首を斬るばかりじゃ足りなくて、あんな奴の生贄にしようとした奴らだぞ。どうやら、喚び出したもののコントロールは効かないらしい。ニール三人呑まれてから助けてやれば、ずっと効果的だ。一生恩《おん》に着せられる〟

「不倶戴天《ふぐたいてん》って知ってるか？」

〝いや〟

「倶《とも》に天を戴《いただ》か不《ざ》る——おれとおまえはこれだ。邪《じゃ》魔《ま》するな」

〝邪魔はしないが——〟

「なんだ？」

〝ともに天を云々《うんぬん》とは、どういう意味だ？〟

「しばらくおれと口をきくな」

そいつは、常に絶え間ない飢《う》えに悩まされていた。この宙空《ちゅうくう》に同じだけ存在してもそうだった。

だから、別世界から届けられる生きものは決して逃さなかったし、時折喚び出されると、曖昧《あいまい》なルールなど破って、召喚者を貪《むさぼ》り食ったりした。他の生きものの味などわからない。飢えたる者には、全て美味《びみ》なのであった。

今、手の中に一匹いた。必死でもがくその動きが激しく、恐怖の念が強ければ強いほど、頭からかぶりついたときの味がこたえられないのだ。その瞬間、どんな生きものも断末魔《だんまつま》の、最期《さいご》の悲鳴をあげる。それを耳にした刹那《せつな》、そいつは性的な興奮にさえ達するのであった。

周囲に群《むら》がる生きものの仲間たちが何やら叫び、唱《とな》えていたが、そいつが感じるのは、身体のあちこちに生じるかすかな痛みだけだった。

そいつは、生きものとは別の、そいつなりの嘲《ちょう》笑《しょう》を浮かべて、生きものを睥睨《へいげい》した。じき、みんなかじれる。

そいつは歓喜《かんき》のあまり笑いたくなった。

予想もしていなかった痛みが全身に爆発したのは、そのときだ。

それは生まれて初めての感情を伴《ともな》っていた。恐怖を。

何処から生じたのかはわかっていた。眼下に散らばった生きものたちのやや後ろに横たわっていた、やや異なる同類だ。

今は二本足で立って、そいつの方へ恐れげもなくやってくる。

全身を震わせる恐怖が、違う、と伝えた。

形こそ他の生きものに似ているが、こいつは根本的に違う。その全身から立ち上る熱気は、届いてもいないのにそいつの肌を焼いた。

そいつが何よりも恐れたのは、その生きものが手にしている細長い品であった。そいつは、今、自分の滅びを感じた。それを為《な》し遂《と》げるのは、間違いなくその品であった。

「その娘を下ろせ」

と、力持つ生きものは命じた。

「そして、おまえは地の底へ戻れ」

悪いことに、そいつは飢えの解消を何よりも優先させるようにできていた。さらに悪いことに、力持つ生きものは、たとえようもなく美味なのであった。そいつが震えるのは恐怖のためばかりではなかったのだ。

そいつはまず、右手の生きものを食らい尽くそうと思った。景気《けいき》づけである。

一気に口元へ持ち上げたとき、他の生きものは悲《ひ》鳴《めい》をあげ、そいつは動けなくなった。

その右手から、生きものと小さな物体が落ちた。力持つ生きものが投げた小石であった。

敵が走ったとき、そいつも力を使った。全身の妖《よう》気《き》を吹きつけたのである。いかなる敵も、気《き》死《し》せずにいた者はない。

だが、力持つ者は同じもので受けた。

それは本質的にそいつの気を凌《りょう》駕《が》する力を有していた。

自分を直撃する力が、気を撥ね飛ばしつつ押し寄せてくるのを感じながら、そいつはどうすることもできなかった。

顔面に叩きつけられた力はそいつの意識を失わせ、取り戻すのも適《かな》わぬうちに、凄《せい》絶《ぜつ》な打撃を頭頂に受けて、そいつは二度と目《め》醒《ざ》めぬ世界へと旅立っていった。

3

そいつがどろどろの硫黄に化けつつ亀裂へ吸い込まれるのを見届けてから、京也は倒れた娘のもとへ近寄り、容態を調べた。

ルージュの娘だ。打《だ》撲《ぼく》のせいか顔をしかめていたが、京也を見るや、その顔をマスクの上からもわかる朱《しゅ》に染めた。

「どうやって……〈道案内〉を？　凄い……あんた……何者なの？」

「高校生だよ。見たところ打ち身だけだ。警察病院で治る。これまでしたことの責任は取らなくちゃな。これに懲《こ》りたら、おかしなものを喚び出すのはよせ」

「そうね」

打ちひしがれたルージュの娘が素直にうなずいたとき、遠くからバイクの音が近づいてきた。

〝バイクだな〟

声が聞こえた。

「んなこたわかってるよ、呑気《のんき》なトーさん」

〝なんだ、それは？〟

「高校の図書室にあった古い漫画《まんが》だ」

〝それとおれとどういう関係がある？〟

「ないね。ないない」

「あんた、誰と話してるの？」

ルージュの娘が地面からこう訊いたとき、一台の改造バイクが広場へ滑り込んできた。

長いハンドルを握っているのは、黒いレザーで全身を固めた長身の娘だった。黒いブーツに銀の拍車《はくしゃ》がかがやいている。ゴーグルとマフラーで顔は見えない。

バイクを止めると、娘たちが近づき、京也の方を指さしてあれこれしゃべりはじめたが、娘は右手のひと振りで彼女たちを遠ざけた。いつの間にか握っていた武器——ベネリ自動ショットガンのせいかもしれない。

バイクを下りて、娘はゆっくりと京也の方へ歩いてきた。よほど腕に自信があるのか、ベネリは下げたままだ。

一七〇を超す長身と女にしてはたくましい骨格のせいで、大型のショットガンが実物大より小さく見える。

「ボス——この子はあたしを助けてくれたのよ」

ルージュの娘の言葉を無視して京也を見つめ、女は、

「〈道案内〉を召喚したらしいね。それはいいとして、木刀の一撃で片づけちまったって聞いたよ。本

当かい？」

「本当です」

とルージュの娘が答えた。

「へえ」

ボスの声に感嘆の響きが揺れた。顔は見えないが、声からして京也と同い年くらいか。

「木刀一本でそんなことができる男を、〈新宿〉はひとりだけ知ってるよ。いやいや〈区外〉からやってきて二度も〈新宿〉と世界を救った高校生――十六夜京也って、あんただね」

地面から驚きの声があがった。いや、聞こえるはずのない距離にいる娘たちも、えっと呻《うめ》いて眼を見張った。

「あたしたちのしてることは、もうご存知だね。この娘《こ》の生命を助けてくれた礼は必ずする。それはそれとして、この場をどう収めるつもりさ？」

「君たちのことは警察へ通報する。殺人を犯《おか》しているようだからな」

「見逃してくれない？」

「逃げたければ逃げろ。警察へはそのあとで届ける」

「あたしたち、面《めん》が割れてないのよ」

「それは残念」

「少し気を利かせてくれないかな。お礼はするわ。ここは〈新宿〉よ。道理が引っ込むことも多いの」

「悪いな。おれは〈区外〉の人間なんだ」

ボスの表情は少しも変わらなかったし、その雰囲《ふんい》気《き》にも変化はなかった。右手がかすかに震えただけだった。ベネリの銃身が撥ね上がり、約一〇度で止まった。

「やるわね」

ボスは視線を銃身へ落とした。いつ放った技か。

木刀の切尖が銃身の先を押さえていた。ボスが力を入れても、ベネリは石の中の化石みたいに不動だった。

「引き金を引いても地面を撃つだけね。これが〝念法〟?」

「いや、剣法さ」

「ね、こんな歌知ってる?」

何処でスイッチが入ったのかはわからない。

曲が『ダニューヴ河のさざなみ』だというのは確かだった。

だが、その歌い手は死神《しにがみ》に違いない。平凡《へいぼん》な女のソプラノは、京也のチャクラを全て停止させた。

一瞬のめまいが京也をよろめかせた。

ベネリが自由を得て、その胸元へと上がる。

「やめて!」

ルージュの娘が叫んだ。ボスは銃身を下ろし、彼女の手を摑んで引き起こした。

「撃たなかったのは貸しじゃない。また、会うよ。あたしの名前はミズキと覚えときな」

京也がめまいから醒《さ》めたとき、娘たちの最後のひとりが瓦礫の間へ消えていくところだった。待つほどもなく、複数のバイクが走りだす爆音が鳴り響き、すぐ静かになった。娘たちは外にバイクを止めていたらしい。

「なんて歌声だ」

彼は左手で額を拭った。びっしりとこびりついた汗が、皮を剝ぐみたいに払い落とされていく。その手を見て、

「鳥肌《とりはだ》が立ってる。地獄に堕ちた亡者《もうじゃ》の声だぜ、あれは」

それから、ふと眼を宙の一点に据えた。

「おい、聞いてるのか?」

返事はない。

「気配はあるのに――おい、何もの想いに耽《ふけ》ってる？　そういや、おれがふらついたとき、あのルージュ娘がボスを止めてくれたが、同時に別の声が聞こえた。あれは――？」

〈明治通《めいじどお》り〉を〈新宿〉方向へと疾走《しっそう》する改造バイク群の先頭の車上で、

「あたしを止めたわね、エミ？」

「ええ」

と答えたルージュ娘がシートの背に身をもたせたバイクは、仲間ふたりが左右からハンドルを操り、あとからついてくる。

「ちょっと同じ声出してみて」

このボスの命令は絶対だ。エミは背の痛みを堪えつつ従った。

「やっぱり」

「え？」

「あんたの声と一緒に、もうひと声聞こえたのさ。男の声で、やめろタキってね。だけど、あたし、その声にもタキって名前にも全く心当たりがないのさ」


最寄《もよ》りの交番へ寄って、娘たちの件を届けてから、京也は近くの定食屋へ入った。

調書を取るのに時間がかかり、暖簾《のれん》をくぐったのは、十一時をまわっていた。

〝えらい目に遭ったな〟

と〝ライダー〟が幾分楽しそうに話しかけてきた。

「ああ、現場検証に付き合えと言われるとは思わなかった。しかも、これからすぐ、ときた。じき次の日だぜ。なんでそんなにせっかちなんだよ」

「ソレハ君」

いきなり機械の声が入り込んできた。

「〈区外〉ト違ッテコノ街デハ、現場保全ガホトンド不可能ダカラダ。流レタ血ハ、タチマチ妖物ヤ吸血植物ガ吸イ取リ、飛ビ散ッタ肉片ハ、三ツ首犬ヤ歩ク死者ガ食ライ尽クシテシマウ。加害者ハ五分モアレバ顔面変貌手術ヲ受ケテ別人ニ変ワル——検証ハスグニヤルシカナイ」

「こりゃどうも。博識でんな」

京也はしげしげと、注文を取りにきた白いロボットを見つめた。

二年ほど前に〈新宿〉の天才中学生が発明した画期的なコンピュータ・チップによって、ロボットの社会進出は大幅に広がった。人間の行動を人間の速度で正確になぞることが可能になれば、そこには無限の需要が待っていたのである。

家庭用の母親代わりや看護師代理——このふたつだけでも、無残な女性犯罪は激減した。

かくて、ロボットは〈新宿〉中に広がり、場末の定食屋にまで置かれるようになったのである。しかも、チップには無限ともいえる量の情報と知識が封入されていた。

膨大《ぼうだい》な荷物を抱え、子供の手を引きながら『すみれの花』を歌うロボット、街の演劇青年の相手を務《つと》めながら、数千の詩を口ずさむロボット、交通事故のトラブルを現場で鮮やかな法的解釈をもって解決してしまうロボット——無医村には、ことごとく、なまじの医師より遙かに優秀な機械仕掛けの先生が存在する。

「——デ、注文ハ何カネ?」

京也は「すきやき定食」を頼んだ。

ふと気づいて、〝ライダー〟へ、

「おまえ、物を食べなくてもいいのか？　残念だな」

返事はない。

「おい、急に無口になったな。あのバイク姉ちゃん――ミズキのことを考えてるのか？」

〝ミズキじゃない。タキだ〟

と声が応じた。

「そっちが本名か。あのとき、おまえは『やめろ、タキ』と叫んで、おれを救った。捜してるのは、あの娘か？」

京也があまりにずばりと切り込んできたので、〝ライダー〟はひと言で限界まで追い詰められていた。この若者に嘘をつき通すことはできない相談だった。

〝間違いない、あの声だ――喪《うしな》ってから忘れたことは一度もない。世界中の人間が一斉にオペラを歌いだしても、おれはタキの声を聞き分けてみせる〟

「なら、追っかけたらどうだ？　おれといても仕方がないぜ。やっと成仏《じょうぶつ》できそうじゃないか」

〝おれだけじゃないんだ〟

「はん？」

〝タキはおれの声を聞いても反応しなかった。タキなら絶対にわかったはずだ。それなのに――〟

「多分、記憶喪失《そうしつ》だ」

京也はあっさりと言った。

〝ん――？〟

「〈魔震〉は単なる物理現象じゃなく、その持つ妖気で人間の精神をも狂わせた。発狂した者も記憶を喪った者もいる。タキさんもそのひとりだったんだ」

〝じゃ……生きてたのか？〟

「ああ。少なくとも、あの娘は普通の人間だ」

〝だけど……じゃあ、どうして、あんな悪魔崇拝のグループなんかを？〟

「その辺はわからない。何しろ〈魔震〉にぶつかったんだろ。ただの記憶喪失じゃあないかもな」

　京也は少し考え、

「とりあえず、もう一度あの娘を捕まえてみることだ。そのあとは――メフィスト病院だな。あの院長なら、死人を生き返らす以外ならＯＫだ」

〝タキに戻るか？〟

「そのときまで生きてれば、な」

〝嫌なことを言う奴だな〟

「警察も動きだす。事情を話したとき、おまえが黙っていたのは、ミズキが元カノかどうか一〇〇パーセントの自信がなかったからだろう。はっきりしたとは言わないが、まず間違いない。だが、このままいけば捕まるぞ。〈新宿警察署〉はそんなに甘くない」

〝わかった〟

　声はすぐに応じた。吹っ切れた感じがある。

〝この状態なら、ひと晩で〈新宿〉中をまわれる。タキを見つけたら、他人の身体を借りて会ってみるつもりだ〟

「それがいい」

〝だが、おれの狙いはおまえだ。戻ってきたら、必ずその体をいただく〟

「帰ってくるまでに、もっといい男を探しとけよ」

〝チャリを置いていく。頼むぞ〟

「おお。じゃな」

　京也が右手を振ると同時に、気配は遠ざかった。

「必ず見つけろよ」

　京也がこう言ったとき、反対側から別の気配が近づいてきて、隣の席に腰を下ろした。

「おかしなところで会うな」

振り向くのを遠慮しようかと思ったが、敵意が感じられないことが、京也に彼と対面させた。

「よお」

景気が悪そうな笑顔を見せたのは、『慈善病院』のイケメン医師にして、流星流手裏剣術の遣い手、坂巻であった。

# 第七章　冷風

## 1

「どーも」

とだけ言って、京也はそっぽを向いた。なぜこんな時間にこんな場所でこんな奴と会わなきゃならない？　頼むよ神さま、と愚痴《ぐち》りたい気分だった。その耳にこう聞こえた。

「夕刻は失礼したな。あそこまでやるつもりはなかった。肩は大丈夫かね？」

「いててててて」

京也は左手で右肩を押さえ、派手に身悶《みもだ》えしてから、

「なんとか」

と応じた。実はまだ動かない。

「それはよかった。正直、後味《あとあじ》が悪くてね。ここで食事してから一杯飲《や》って忘れるつもりだったんだ」

本気かよ、と京也は疑ったが、坂巻の気配と雰囲気は嘘ではないと告げていた。

「病院、大丈夫でしたか？」

「そうとは言えまい」

ハンサム顔が歪んだ。

「死者はロビーにいたほぼ全員、百余名。重軽傷者は三人だけだ」

「うげ」

京也は話題を変えることにした。

「ここ、よく来るんですか？」

「ああ。行きつけだ。僕はもうすんだが、鳥の唐揚《からあ》げ定食が美味い」

「しまった」

「何かね?」

「いや。夕方のことは気にしないで下さい。あれは正当な試合でした」

「そう言ってもらうと助かる。君はいい奴だな」

どういう風の吹きまわしだ、と京也は胸の裡《うち》でつぶやいた。

「ビールでも飲《や》るかね?」

「いや、アルコールは駄目です」

「一杯ぐらいならいけるだろう」

「はあ」

「なら付き合いたまえ」

と右手を上げたところへ、ロボットががちゃがちゃとやってきて、「すきやき定食」を置き、坂巻の注文を聞いて戻った。

ビールもすぐにきた。

「ま、一杯」

と京也のグラスに注ぎ、自分のも満たして、一気にあおった。

ふー、と息をついて、

「羅摩くんのことだが」

ほらきた、と京也はうんざりした。この男のラブ・アフェアなど指先で触れたくもなかった。

「あのテロで忙殺《ぼうさつ》され、ここへ来る少し前に会ったんだが――」

なんとなく、気分がよくなりそうな期待があった。

「まるで別人のように冷たい。やはり、君に怪我をさせたせいだろう」

そりゃそうだ。京也は少し溜飲《りゅういん》を下げたが、坂巻はこう続けた。

「――と思ったら、その少し前に羅摩くんが男と話していたのを思い出した。冷たくなったのはそれからだ」

「気のせいじゃないんスか? 恋は盲目《もうもく》っていうし、そんなことイチイチ気にしてたら、彼女に監視でもつけとかなきゃなりませんよ」

「いや、僕への態度が違いすぎる。あいつが何か吹き込んだんだ」

坂巻の眼に危険な光が点《とも》りはじめた。

「何か吹き込まれたくらいで、他人《ひと》に対する態度を変えるような娘《こ》じゃないスよ、羅摩さんは」

言いながら、どうしようもなく気が重かった。

「わかってるさ。しかし、ここは〈魔界都市〉だ。催眠術か妖術か、おかしな技を使う奴だらけだ。そういえば、あんな不細工《ぶさいく》な奴とにこやかに話をしていたのも不思議だ」

「顔の問題かよ」

と聞こえないようにごちたとき、京也は箸《はし》を止めて、坂巻の方を見た。

「ひょっとして、その男は、こう派手な上衣着て、鼻がこう広がってて、歯茎《はぐき》がせり出してる――」

「知り合いかね!?」

「いや――しかし、どうしてあいつが病院に!?」

「いったい、何者だ?」

京也は答えず、ビールのグラスを手に取った。ひと口飲《や》った。苦いものが胃に広がっていく。おや、胸まで苦い。

「ジョニーっていうんです」

「やっぱり、知り合いか?」

「いや、ひどい目に遭わされたことがあります。昼に警察に突き出したんですが、逃亡したみたいで。野郎、また」

「何者だね？」

「結婚詐欺師です」

ぶう、と噴かれたビールのしずくが手にかかるところを、素早く引いて、

「こりゃあ、さやかちゃ――羅摩さんに会っといた方がいいかな。しかし、あいつ、なぜ病院に？」

答えはいくつもあった。そのうちのひとつが、大きな泡となってだしぬけに浮上し、ぱん、と弾けた。

病院とは縁もゆかりもなさそうなジョニーが訪れたとき、地獄の無差別テロが起こった。

そのテロリストが、影も形もない存在だとしたら？　他人へ簡単に憑依可能な魔性だとしたら。いや、ひょっとして、〝カダス〟の憑坐《よりまし》がずっとジョニーだったとしたら？

京也が残りを飲み干したので、坂巻は驚いた。

「いけるねえ」

「羅摩さんの住まい、わかりますか？」

「もちろんだ」

「連れていって下さい」

「これからかね？　明日にしたらどうだ？」

「一刻を争います。テロですよ、テロ」

「また起きるのか!?」

坂巻の顔は死人のそれになった。

「とにかく出ましょう」

京也は紙ナプキンの容器に手を伸ばした。

このとき、店内で奇妙な事態が生じていたのである。

出入り口のガラス戸が引かれ、ひとりの客が入ってきた。ロボットが近づいて挨拶《あいさつ》すると、客は何か告げ、すぐに出ていった。

店内に向きを変えたロボットの手に、銀色の品が握られているのを見て、近くにいた客が妙な声をあ

げた。

ロボットが右手を上げた。

握られているのは大口径のレーザー・ガンであった。

銃口が引く不動の直線の先に、京也がいた。

彼がこちらを向いた瞬間、ロボットは引き金《トリガー》を引いた。

信じられないことだが、京也はすでに不可思議な事態に気づいていた。

不審《ふしん》な客の放つ気を感じ取ったのである。それなのに、神速《しんそく》の対処を怠《おこた》ったのは、その気が明白な殺意ではなく、一種の悪戯《いたずら》っけのような代物《しろもの》だったからである。ロボットに殺意はない。京也の次の行動は、それらとは別の超自然的現象——神秘的な勘によるものであった。

まず、レーザーが閃《ひらめ》いた。

秒速三十万キロ、灼熱の一線が京也の心臓を襲う。

このとき、京也は紙ナプキンを広げたところだった。どう考えても間に合わない。自然法則が保証する。

だが、京也はナプキンを胸前で振った。光はそのあとに届いた。

薄い紙がレーザーを防いだ、としか言いようがない。誰もがその一瞬を見たのだ。

ナプキンが火を噴き、横っ飛びに跳んだ京也の左手から、白い光が迸《ほとばし》ってロボットの顔面——センサー部に命中した。爪楊枝《つまようじ》が水晶《すいしょう》プレートを貫き、ある思念を全身に駆《か》け巡らせて、ロボットの動きを停止させたのだ。

驚きと困惑の声が浮動する店内で、京也が席に戻ったとき、その隣で、

「これが十六夜念法の真髄《しんずい》か。本気を出されたら、

僕など到底及《とうていおよ》ばなかった……」

蒼白の坂巻が暗い水底《みなそこ》の貝のようにつぶやいた。

定食代だけを払って、京也は外へ出た。ロボットを壊したとゴネられるとまずかったが、客たちの証言で、主人も渋々《しぶしぶ》とあきらめた。止《とど》めは、要求されて名乗った名前であった。店内はどよめき、ロボットの修理代くらいおれが払ってやるという客が続出したのである。

「人気者だなあ」

つくづく嘆息《たんそく》する坂巻を尻目に、京也はロボットに暗示をかけた男のことを考えていた。ジョニーしかいない。〈廃墟〉から尾《つ》けていたのだろう。

坂巻を、〝ライダー〟チャリの後ろに乗せ、

「急ぎますよ。タクシーの方がいいと思いますが」

と京也は忠告したが、坂巻は、

「いや、なんとなくこの方がいいような気がする」

と主張した。

『慈善病院』内の寮《りょう》に到着したのは、十分ほどあとである。〈高田馬場〉からの距離を考えればあり得ないタイムであった。

その代償《だいしょう》は坂巻が支払った。

寮の前でチャリを下りたとき、イケメン医師はまず尻餅《しりもち》をついた。

夜目《よめ》にも蒼白《そうはく》な顔で、

「無茶するな……無茶するな」

それは、京也のチャリが物理法則を無視したスピードでカーブを曲がり、他の車群が疾走《しっそう》する交差点を信号無視で突っ切り、突如現れた対向車を鼻面《はなづら》ぎりぎりですり抜けるたびに、あげてきた叫びであった。

チャリの平均的時速はマッハを超えていたであろう。いかに頑丈《がんじょう》なスチール製でも、これでは使いものにならなくなる。それなのに京也のチャリが平気の平左《へいざ》なのは、いうまでもなく京也の脚力《きゃくりょく》を支えるものが念法であるからだ。

2

なんとか坂巻が立つまで待ち、京也は奥へ入った。

受付のメカ・ガードに坂巻が身分証を示し、さやかの名と部屋のナンバーを告げて急用だと伝える。

すぐにドアが開いた。さやかは部屋にいるのだ。

ドアの向こうで迎えたガウン姿のさやかを見て、京也は、

——やられた。

と胸の中で唇を噛《か》んだ。

「こんな時間になんでしょう?」

上がれとも言わず、迷惑《めいわく》とも口にせず、戸口でふたりを見つめる表情の、なんと冷ややかなことか。坂巻が別人だと評したのも当然な、さやかの変貌《へんぼう》ぶりであった。

「夜分《やぶん》、ごめん。訊きたいことがあって来た」

「なんでしょう?」

「あのテロのあとで、君が会ってたという男のことなんだ。ここだけの話、彼がテロリストだという可能性が高い。名前を覚えているかい?」

「そんな人、知りません」

にべもない返事であった。坂巻の話がなければ、信じる他なかったろう。

「いや、僕は見た。芥子《けし》色の背広を着た醜男《ぶおとこ》だ。彼と会ってから、君はおかしくなった」

いきり立つ坂巻の言葉にも、さやかはびくともし

なかった。

「先生まで。わたくし、そんな人、見たこともないわ。これ以上、お話ししても無駄《むだ》だと思います。お帰りになって下さい」

「いや、さやかちゃん」

「失礼します」

ふたりの男の顔前で、ドアは閉じられてしまった。

顔を見合わせてから、京也はもう一度、ドア・フォンを押した。

『なんでしょう？』

「も少し話を」

『これ以上、言いがかりをつけるなら、ガードマンを呼びます』

「わかった。じゃ――」

ドア・フォンを切ってから、京也はドア・ノブを握って眼を閉じた。


念を送っているのだ。

よし、とうなずいてからノブをまわしてドアを押す。

開いたドアを前に、坂巻が眼を丸くした。

「どうやって？　これが念法か……」

「まあ、ね」

「どうするつもりだ？　部屋にはセンサー・システムがある。引っかかったら最後だ。ガードマンが飛んでくるぞ」

「この部屋の電子系統を、マザー・コンピュータから一時期切断しました。どうしても話を聞かなくちゃなりません」

「おい、押し入るつもりか？　僕はごめんだぞ」

「ご勝手に」

京也は室内へ入った。

左右にドアが嵌《は》め込まれた狭《せま》い廊下《ろうか》の突き当たり

に、別のガラス戸があった。皓々《こうこう》と明かりが点っているそこに、さやかがいるに違いない。

京也は靴《くつ》を脱ぎ、足音を殺して廊下を渡った。

さやかの声が聞こえてきた。

「大丈夫。帰りました。あなたに言われたとおり、何もしゃべってません」

受話器を戻し、さやかは愕然と、戸口に立つ京也を見つめた。

「――あなた、どうやって？」

「ごめん、どうしても話を――」

素早く移動し、京也は卓上のコントローラーに左手を載せた。

さやかがガードマン直通のキイを押しても、メカは反応しなかった。

「念法ね」

無反応の受話器を握りしめたのは、救助を求める本能の業《わざ》だ。

「そ。頼むから正直《しょうじき》に話を聞かせてくれないか？」

さやかはそっぽを向いた。痛烈《つうれつ》な拒否《きょひ》である。京也は気にしなかった。

「君は今日、ジョニーに会わなかったかい？」

「さっきもお答えしました。知りません」

きっぱりとした拒否は変わらないが、冷たくそびえ立っていたものが、揺らぎはじめているのを京也は感じた。さやかは、やはり以前のさやかだったのだ。

「正直に言おう。僕はあいつが病院を破壊したテロリストじゃないかと疑ってる。彼は何処にいるか教えてくれ」

「知りません。おかしなこと言わないで」

「ジョニーてのは、天才的な結婚詐欺師だ。正直、さやかちゃんでも騙されないという保証はない。舌先三寸《したさきさんずん》で丸め込まれたら最後、他の誰がどう論理的に説得《せっとく》しても情に訴えても、決して元には戻らない。今の電話の主はジョニーだね？」

「聞いてたんですか⁉ ひどいわ、京也さんがそんなことする人だなんて――」

「この際だ。ごめん。ジョニーの居場所を教えてくれ。電話番号だけでいい」

さやかはうつむいた。肩が震えている。その頑《かたく》なに京也が感じたものは、怒りでも絶望でもなく、いじらしさであった。

「なぜ、しゃべらないんだ⁉」

いきなり怒号《どごう》が湧いた。部屋へ入ってきたのは、坂巻であった。拳を握りしめ、さやかの前に仁王立《におうだ》ちになって叫んだ。

「今日、何人死んだと思ってる？ 君が黙っていたら、その何千倍の犠牲者《ぎせいしゃ》が出るかもしれないんだ。君はそれでも看護師か？ いや、地球連邦政府首席の娘か？ え、どうなんだ、その男――ジョニーって奴は何処にいる？」

坂巻に拳を振り上げさせたのは、人類の裏切り者を愛した自分への怒りだったかもしれない。

それが振り下ろされる前に、さやかはわずかに右足を坂巻の方へ移動させていた。

拳は振られた。それが頬《ほお》に届くより速く、右足の上である動きが成立し、坂巻の身体は大きく弧《こ》を描いて部屋の隅《すみ》に叩きつけられていた。さやかは合気道を習得していたのだ。

「君イ⁉」

と立ち上がる怒りの男の前に、今度は、

「もうよせよ」

と十六夜京也が立ち塞《ふさ》がった。

「邪魔するな。また犠牲者を出したいのか?」

「それと暴力とはあまり関係がない。大体、あんたをソファの上へ投げなくてもよかったんだぜ。頭から落ちたろ?」

「えっ!?」

と足元を見下ろす坂巻へ、

「武術家がこれじゃあ仕様がないな。黙って見てなよ」

そう言ってさやかに近づくと、左手でその右手を取ってから、

「悪いけど、今、右手が使えないんだ。そっちの手で電話機を摑んでくれ」

と言った。

「でも」

「そこまでしちゃいけないとは言われてないだろ。頼む」

さやかは、おずおずと従った。

京也は眼を閉じ、すぐに開いた。

その視線を追って、さやかがあっと叫んだ。

受話器のディスプレイにはっきりと、最後に彼女がプッシュしたナンバーが、忽然と浮き上がっていたのである。

「ありがとう」

京也はそっと手を離して、坂巻を振り返った。

「電話番号はわかった。出よう。あとは〈区役所〉に訊けばすむ」

「そう簡単に、電話の持ち主の住所を教えちゃあ——」

と言いかけてやめ、嫌《いや》な笑顔になって、

「そうか、十六夜京也の名前を使えばなあ」

京也は聞こえなかったように、さやかに向き直り、その額に左手を当てた。あまりに自然でスムーズな

動きだったので、さやかも避《よ》ける理由が見つからなかった。

全身に沁《し》み渡る温かい波が心地《ここち》好《よ》い休息《きゅうそく》をもたらし、その身体がくずおれると、京也は受話器を手に取った。

〈区長室〉から〈電話局〉へ。そして女子寮へ。一本の電話が、〈余丁町《よちょうまち》〉のある住所を教えた。

寮を出て、自転車にまたがった。

坂巻がついてきた。

「羅摩くんを眠らせれば、そのジョニーとかへ連絡は取れないが。放っておいていいのか?」

「三時間で眼が醒《さ》める。エステに行ったあとみたいにすっきりしてますよ」

「何処へ行く?」

「あなたも来ますか?」

「……いや、君の戦いぶりを見ていたら、僕がどうこうできる事件でもなさそうだ」

「そうスか、なら」

頭に木刀の切尖が当てられても、坂巻は気がつかなかったようだ。彼が倒れると、京也は自転車の後ろに乗せて、近くの交番の前を通過するとき落としていった。

バックミラーで交番から警官が出てくるのを確かめ、ペダルを思いきり踏んだ。

目的地は、通称〈木賃宿《きちんやど》〉あるいは『ホワイト・チーチー・ホテル』と呼ばれる安ホテルの一室であった。

泊《と》まり客の素性《すじょう》は、ホテル周囲の荒《すさ》んだ雰囲気が物語っていた。

街灯は残らず割られ、支柱さえもない。売り飛ばされてしまったのだ。あるかなきかの風が運んでくるのは、硝煙《しょうえん》とアルコール臭であった。

路面にもホテルの壁にも赤黒い染みが広がり、正面玄関のガラス・ドアには弾痕《だんこん》の花が咲いている。壁面《へきめん》をえぐるひび割れは、明らかに三本の爪痕《つめあと》だ。

玄関に向かおうと歩きだしたとき、左方の通りの奥で、

「そこの餓鬼《がき》――動くな」

どう聞いても酔《よ》っ払《ぱら》いの恫喝《どうかつ》としか思えぬ声がした。

月光の下で、ジーンズと安物のブルゾンを着た小男が、こちらに体格に見合った小型リボルバーの銃口を向けている。

派手に震える手を見ただけで、京也は歩きだした。当たりっこない。

止まれ、とも言わずに、ドン、ときた。案の定、弾丸は世界の何処かへ飛び去ってしまったらしい。

二発目、三発目で、銃声に変化が生じた。

「ぎゃっ!?」

京也が見ると、男の姿がかたわらの街灯に引っ張り込まれるところだった。

どう見ても、幼児さえ隠れられそうにない細い街灯なのに、男の姿はたちまち見えなくなった。

「?」

街灯の端から、真っ赤なハイヒールを履いた生白《なまじろ》い太腿《ふともも》が突き出されたのは、そのときだ。

「？　？」

すぐに胸が出た。ハイヒールと同じ燃えるようなセーターに包まれているが、その量感は隠すべくもなかった。

「Fカップ」

と京也が思わずつぶやいた瞬間、顔が出た。

首がない。豚《ぶた》そっくりの頭が肩に埋《う》もれている。

わお、と呻いてから、

「浮かばれないいな」

と京也はつぶやいた。

左手を振ると、忽然と『阿修羅』が現れた。

切尖で路面を突くと、波のようなものが街灯へと走り、ぎゃっとひと声、女妖怪の姿は消滅した。

単純な妖気が、人間の欲望を取り込んで生まれた妖物だ。二度と現れまい。

「いい前兆《ぜんちょう》なら歓迎だけどな」

しかし、口ほど気にする風もなく、十六夜京也は『阿修羅』を肩に、飄々《ひょうひょう》とホテルの玄関へ向かった。

3

防弾パネルで前面を覆ったフロントには、強化手術を受けたのがはっきりとわかる大男が眠りこけていたが、ドアが開く気配を感じるとすぐに眼を開け、右手をデスクの下に入れた。何処かに仕掛けた火器の発射スイッチか、あるいは火器そのものを握りしめているのだろう。

場違いなのが来たな、という風に京也を見つめてから、デスクの電子時計に眼を移し、

「これからだと泊まり料金だぜ」

と言った。

京也はパネルの前で左手を振った。『阿修羅』の柄でカウンターを叩くと、念の波が床に伝わり、椅子ごと男を失神させた。

「ごめん、ひとりでも関係者は少ない方がいいんだ」

左手のドアには、この先、お客さま以外はご遠慮《えんりょ》下さいと掛《か》け札《ふだ》が下がっていた。

軽く触れただけで蝶番《ちょうつがい》が軋む。京也は左掌《てのひら》をド

アの中央に当てて念を込めた。静かに押すと音もたてずに開いた。

三十畳はありそうなスペースに、三段ベッドの列が並んでいた。

満床《まんしょう》で六十人——今は幸い、数えて九人だ。

ドアに近いところから四番目のベッドの二段目に、京也は見覚えのある顔を見つけた。

派手な鼾《いびき》をかいてる頬を平手で叩くと、何を勘違いしたのか、

「さやかちゃあん、キミのサービスさいこー」

と切なげな声をあげた。

「さやかちゃん？　サービス？」

不穏《ふおん》なオーラが京也を包んだ。こいつはさやかと話をしていたのだ。さやかの変貌の理由は、もういうまでもなかった。

「あ、そこ駄目。いきなり凄《すげ》えじゃん。力入れないで、そっと摑んで……おお、でっかいねえ、このパイオツ。相当、男の子を泣かしてんじゃゃ——ぐえ!?」

鼻の頭に強烈な一撃を食らい、痛みで見開いた眼の中に、『阿修羅』を握った京也がいた。

「な、なんだ——おまえは!?」

叫び声は、ささやきより小さかった。『阿修羅』の切尖が喉元に突きつけられたのだ。

「鼻が……鼻が……つぶれた」

ふがふが抗議するのを、

「でかい声出すと喉つぶすぞ」

京也は凄味《すごみ》を利かせた。いざとなれば、生死を懸《か》けた死闘を勝ち抜いてきた若者である。ジョニーは血の気を失った。

「……何しようってんだ？」

「とりあえず——」

警察と言いかけてやめた。この詐欺師の前になんの役にも立たないことは証明済みである。

「真っすぐ〈区外〉へ来てもらう。地球連邦政府情報局日本支部へだ。そこでテストを受けろ」

「テスト？　女のコマし方か？」

真剣なジョニーの面立《おもだ》ちを見て、京也は天を仰ぎたくなった。なんで神さまはこんな奴に、あんな罰《ばち》当《あ》たりな能力を与えたのか。

「ああそうだよ。とにかく起きろ。一緒に来るんだ」

「おれをどうしようってんだ？」

「カダスかどうか調べる。違えば釈放《しやくほう》されるだろう」

「おい、あんな化け物と一緒にするな。どうだ、そんな男に見えるか？」

ぬけぬけと胸を張るジョニーへ、

「カダスに違いない」

「糞《くそ》ったれ！」

と立ち上がりかける鳩尾を、軽く『阿修羅』で突いてベッドへ戻し、

「カダスでなけりゃ、すぐ釈放してくれるさ。これまでの舌先三寸の罪を償《つぐな》った上でな」

「なんだ、その言い草は？」

「うるさい。調べはついてるんだ。さっさと来い」

威勢《いせい》はいいが、右肩は痛むし、さやかのことはあるわで、京也はかなり落ち込み、キレかかってもいる。こりゃ危《やば》いな、とジョニーも判断した。

「へいへい」

とベッドから下り、身支度《みじたく》を整えはじめた。とても住まいに合わない、ぱりっとした高級スーツに着替え、ネクタイを結ぶ手際《てぎわ》の鮮やかさに、京也も胸の裡で唸らざるを得なかった。

「んじゃ、行こうか」

と先に歩きだそうとして、ジョニーはふと立ち止まり、ひとつ咳払《せきばら》いをした。妙な音だった。

反応はすぐあった。

右隣のベッドの列から、女の悲鳴があがったのである。

「――ん？」

「なんだ？」

といくつもの声と気配が生じ、うちひとつが、面倒臭そうに言って、すぐ静かになった。しょっ中あるらしい。

「またルイ子だよ」

下段のベッドに、妙に色っぽい二十代らしい女が上体を起こして、怯えの表情をこちらに向けている。

「じゃ、な」

とジョニーが片手を振ると、

「何処行くんだよ、ジョニー？」

震え声で訊いた。ぷん、と京也の位置までアルコールが臭った。

「捕まっちまった――あばよ」

「え――？」

女はすり切れたような声をあげた。

「行かないどくれよ。あんたがいなくなったら、あたしは……あたしは……」

「仕様《しよう》がねえのさ。あとはよろしくな」

「やだ」

アル中の女は、化粧《けしょう》っ気《け》ひとつないくせにセクシーな顔を横に振った。Tシャツの下で、西瓜《すいか》でも入ってんじゃないかと思わせる豊かな胸が一緒に躍る。ノーブラだ。

右手を枕《まくら》の下に入れて、女はウィスキーの瓶《びん》を取り出し、栓《せん》を開けて、ぐびりと飲《や》った。

危《やば》いな、と京也は感じた。思ったのではない、実感だ。

「行くぞ」

とジョニーの肩を押したとき、それは現れた。

戸口のところに、屈強《くっきょう》な男が忽然と姿を現したのである。ランニングの上からサラシを巻き、下はニッカーボッカーの労働者風だ。現れ方と、サラシが真っ赤に汚れていることで、人間ではないとわかる。

「誰だ?」

京也が小声でジョニーに尋ねた。

「八木《やぎ》さんだよ」

これも小声で、しかし、面白そうだ。顔も笑っている。

「何処のヤギさん?」

「あのネーちゃん——ルイ子のもと彼だ。さんざん女にDVした揚《あ》げ句《く》、半年前に包丁《ほうちょう》で刺されて〈歌舞伎町流砂《りゅうさ》〉に放り込まれちまった。ルイ子が悲しい目に遭うと出てくるらしい。どっちが忘れられねーんだか。名前は厚太《こうた》だ」

「どうすれば帰る?」

「さて」

小馬鹿《こばか》にしたような口調である。そこへ男——八木厚太がひと声漏らした。

京也は『阿修羅』の柄でジョニーの腰をこづいた。

「痛て——何すんだ?」

「今の死霊の声、おまえの咳払いと同じだ。あれでわざとルイ子さんを起こしたな」

「そんなあー」

「うるさい」

もうひとこづきした瞬間、八木が声と同時に何かを吐《は》いた。

それは黄色い砂の幕と化して、京也の視界を閉ざした。

ジョニーが離れるのを知りつつ、京也は『阿修羅』を振った。右手は動かない。

砂嵐はふたつに裂け、京也の左右を吹き去った。

「なんだこりゃ?」

「ひええ」

との客たちの叫びをあとに京也は跳躍《ちょうやく》し、八木の頭頂《とうちょう》から股間《こかん》までを斬《き》り下ろしていた。

右方でガラスの砕《くだ》ける音と、ルイ子の悲鳴。強さを増したアルコール臭と引き替えに、八木の姿は何処にも見えなかった。

「しまった!?」

京也は戸口へと走った。ジョニーの姿もない。ドアを抜ける寸前、振り返って女の方を見た。

毛布の上に広がった染みと破片をぼんやりと見つめる顔に、悲しみと絶望と――明るさが広がりはじめていた。

戸口の向こうから小さな声がやってきた。

「――これでもう大丈夫だ。DV亭主《ていしゅ》は完全に消えた。その兄さんに礼を言いな。おれがいなくても達者《たっしゃ》でな」

女の耳に届いたかどうか。

京也は疾風《はやて》と化して戸口をくぐり抜けた。

詐欺師の特技は、口と足だといわれる。しゃべくりで相手を丸め込み、バレたら逃走するのである。

ジョニーも例外ではなかったらしく、京也が外へ出たときにはもう、影も形もなかった。

「野郎、絶対捜し出してやる」

と地団駄《じだんだ》踏んで歩きだし、通りを曲がろうとしたところへ、反対側から黒塗りのリムジンがやってきた。かがやく黄金のエンブレムはロールス・ロイスである。

「ん？」

京也は素早く街灯の陰に隠れて覗いた。

果たせるかな、今なお世界一の高級車は、あのホテル前の小路《こうじ》で停まり、ひとりの巨漢を下ろしたのである。

巨漢が小路を歩きだすとすぐ、ロールスは走りだし、通りを右へ折れた——その前に京也が立ち塞がった。

ブレーキ音もさせず、最初から停まっていたようにブレもなく停車した車へ、京也は大股で近寄り、リア・ウィンドから内部を覗き込んだ。黒いガラスへ、

「今下ろしたのは、ジョニーを追いかけてるM・シンガーって奴だろ。どんな付き合いしてるんだ、メフィスト？」

窓はすぐに開いた。

闇色の車内に、光かがやく美貌が浮かんでいた。ウィンドにマジック・ミラーでも使わないと、〈新宿〉中の女どもが、夫《おっと》も子供も彼氏も忘れて併走《へいそう》を開始するだろう。

「安心したまえ、深い付き合いではない」

静かにこちらを見つめる美貌へ、こいつも詐欺師のひとりだと思いつつ、

「安心でも不安でもないよ。おれが飛行船に乗ったジョニーとやり合ったとき、あいつもすぐに駆けつけてきた。タイミングが良すぎると思ってたけど、ジョニーじゃなくて、おれを追っかけてきたんだと思えば話が通じる。あんとき、おれがおまえの病院から出てすぐ、おまえはシンガーの野郎に連絡した

な。おれを尾《つ》けろって」

「うーむ」

「うーむじゃねえ。やっぱりか。おい、〈魔界医師〉――知り合いを売り飛ばした気分はどうだ？　いくら貰《もら》ったんだ？」

「内部《なか》で話し合おう。送るよ」

「行く先なんか決まってない。おまえが下りろ」

と言った途端に腹が鳴った。あの定食屋では、いざというとき、ロボットがあやつけてきたのだ。

「来たまえ」

ドアが開いた。

「旨《うま》い食事を摂《と》ってひと寝入《ねい》りすれば、行く先くらいいくらでも出てくる。私の話も聞いてもらいたいしね」

憤然《ふんぜん》と唇を突き出し、京也は右肩に鈍い痛みを感じた。それは全身に広がり、彼をふらつかせた。


「わかった、乗ってやる」

そして彼は、〈新宿〉でもふたりといないといわれる奇跡の男――ドクター・メフィストの同乗者となった。

# 第八章　さらば愛しき者よ

## 1

〈河田町〉に近い豪華《ごうか》なフレンチ・レストランでの食事が終わってから、京也はあることに気がついた。

「今は深夜だろ。よくこんな高級レストランが営業してたな。〈魔界医師〉の顔か?」

「ここのスタッフは、シェフから見習いにいたるまで、時間は気にしない」

京也でさえ高価《たかい》とわかるワインの香りを鼻先で楽しみながら、メフィストは店内のあちこちに立つ影を見つめた。

「どーゆーこった?」

「私の友人に『早稲田大学《わせだ》』で生化学の講義をしている男がいる」

「そいつもマッド・ドクターか?」

勿論、嫌味《いやみ》だが、黒い医師には通じない。

「サイエンティストだ。あまり優秀なので、大学から特別手当が出ることになった。彼はそれを断り、代わりに〈魔震《デビル・クエイク》〉で倒壊《とうかい》した校舎のまるまる一階を自由に使わせてもらうことにした。そして――」

「わかった」

京也は片手を上げてから、うんざりしたように周囲を見まわし、

「死体を集めてゾンビをつくり出した。ここの従業員はみなそうだろ」

「違う。有機合成生命体だ」

「似たようなもンだろ。道理で、瞬《まばた》きひとつしないわけだ」

「ほお、見破っていたか」

メフィストの美貌に、心からの笑みが浮かんだ。

「とにかく、友人は新しい生命の創造に情熱を燃やしたわけだ。費用は全て自分でまかなった」

「そんな無気味な実験、他人の金でまかなわれて堪《たま》るか。そいつの尊敬する人物はビクター・フランケンシュタインだろ」

「正解だ。フランケンシュタイン男爵《だんしやく》だの博士だの言わないところがいい。残念ながら、彼はフランケンシュタインほど優秀ではなかった。で、生命体をこしらえはしたものの、ほとんどが単純作業しかこなせない不良品だったのだ」

「嬉しそうだな、メフィスト」

京也の目つきは急速に悪くなった。

「生命創造の先を越されなくてよかったな。ところで、今、憶い出したけど、『早稲田大学』の廃墟から火が出て、講師がひとり火傷《やけど》を負ったと新聞に出てた。あれ、おまえの友だちだろ？」

「彼は治療済みだ。今、スウィート・ルームで術後の体力回復にいそしんでいる」

「病院にスウィート・ルームか。結構な話だな」

「なんの」

「大火傷ぐらい、おまえの手にかかれば十分もありゃ完治《かんち》する。術後の処置など必要ない。スウィート・ルームは罪滅《つみほろ》ぼしだろう。彼の実験室に火をつけたのはおまえだ」

「これは失礼なことを」

とメフィストはグラスを空け、

「君でなければ、侮辱罪《ぶじよくざい》で訴えるところだぞ。何にせよ、彼の作品は、〈新宿〉一高価で美味なフレンチ・レストランの経営陣ということで、世間の役に立っている」

　そりゃそうだ、と思い、しかし、京也はあることに気がついた。

「単純作業しかできない奴に、フレンチの料理が作れるのか？　しかも、あれは絶対プロ中のプロの味つけだったぞ」

「私が力を貸したのさ」

「やっぱり罪滅ぼしだな」

　と京也は意気込み、欠伸《あくび》を嚙み殺した。

「なら、ついでにもうひとつ罪滅ぼしをさせてやろう。シンガーの奴におれを売った償《つぐな》いをしろ」

「言いがかりはよしたまえ。美味いワインだ」

「とぼけるな。おまえはおれのことをシンガーに密告した。それはなぜだ？」

「この世で最も医療技術が進歩するのはいつか知っているかね？」

「なんだ、そりゃ？」

「答えは、戦時中だ。従って、この世で最高最新の医療技術を持っている組織は軍隊ということになる。アメリカが例によってアフリカと中東に手を出し、戦いの真っ最中というのはご存知だな？　次々に送られてくる負傷兵のために、軍の医療機関は、その技術を秒単位で進歩させている。そして、小耳《こみみ》にはさんだところによると、死者を復活させる技術まで、あと一歩の地点まで辿《たど》り着いたとのことだ」

「また火つけか？」

「悪質な冗談はやめたまえ」

　悠然《ゆうぜん》と咎《とが》めるメフィストに、京也はうなずいてみせた。

「そのろくでもない技術のノウハウと、おれの情報を交換しやがったな。シンガーは米軍の工作員か。

一体全体、米軍がなぜ、結婚詐欺師を追いかけてるんだ？」

「将軍の娘が騙されたのではないかね」

「そいつはどうも」

と京也はにこやかに微笑《ほほえ》み、黒い医師の美貌のど真ん中に、人差し指を突きつけた。

「いいか、理由はどうあれ、おれを売った以上、代《だい》償《しょう》は支払ってもらうぞ」

「さやかちゃんのココロを取り戻してあげようか？」

ぎく。

沈黙と硬直《こうちょく》に見舞われた京也へ、

「なぜ知っている、と訊きたいのだろうな。風の噂《うわさ》ということにしておこう」

どんな風だ、と京也は思った。

「しかし、それは、さやかちゃんの意思も容《い》れねば人倫《じんりん》にもとる。どうしても君にさようならをしたいかもしれんしな。一体、何をした？」

「何もしてねえよ！」

京也は絶叫した。メフィストはうなずき、

「まあ、よかろう。しかし、この手が使えないとなると、次善《じぜん》の策は――」

「この手だの、策だのはやめろ。おれは真面目《まじめ》な償いを要求してるんだぜ」

「わかった。何がいい？」

「最初からそう言やいいんだ。こうしてもらおう」

京也の要求を聞くや、メフィストは、

「やはりな」

少し意味ありげな目つきで彼を見つめた。

「うるさい。要求を呑むな？」

「やむを得ん」

「なら結構。リムジンで〈高田馬場駅〉まで送れ」

「行きつけの風俗《ふうぞく》でもあるのか？」

「人の少ないとこで体を休めるんだ！」

「スウィート・ルームはどうだね？」

「病人でもないのに病院へ泊まれるか。急病人かおまえの別の友だちにでも空けてやれ」

「ほお」

京也はまたも〈魔界医師〉を感心させたらしかった。

「では、行こうか」

と黒い医師が立ち上がった。ケープが夢の国の海のように波打った。

そのとき――

黒いタキシード姿の支配人が、しなやかな足取りで近づいてきた。

「急なお知らせですが、当店は本日をもちまして廃《はい》業《ぎょう》することに決定いたしました」


眉を寄せたのは京也ばかりで、メフィストは悠然と、

「では、今夜の支払いをしよう」

「いえ、それは当店からのお香典《こうでん》ということで」

「ほお」

メフィストは左手を伸ばし、肩の高さに、床と平行に上げた。

次の瞬間、支配人は爆発した。膨《ふく》れあがった毒々しい火球の色彩《いろ》から見て、核反応を起こしたに違いない。

だが、四方へ広がるべき死の灼熱《しゃくねつ》は、すべて一方向へと集中した――させられた。

ふたつの目標のみならず、建物を含むこの一帯を分子にまで破壊し焼き尽くすはずの核の炎が、漆黒の布地に吸い込まれていくのを、京也はへえという顔で見つめた。

戸口から飛び込んできた人影がふたつ、メフィストの前方三メートルほどのところで停止した。

精悍《せいかん》そのものの若者たちである。向かって右側のひとりが大きく上体を前傾《ぜんけい》させると、背中からもうひとつの人影が床に落ちた。

「これは宮迫《みやさこ》くん」

くんと呼ばれたのは、メフィストより百歳も老《ふ》けている風な、銀髪の老人であった。

「どなた?」

と京也。

「『早稲田大学』の准《じゅん》教授《きようじゅ》——彼らの生みの親だ」

「すると——」

京也の思考を待つまでもない。裏切りだ。反乱だ。

「どうしたのかね、宮迫くん?」

とメフィストは訊いた。

「自我《じが》というやつが芽生《めば》えたらしい」

准教授は血と汗にまみれた額《ひたい》を拭《ぬぐ》って、怒りの視線をメフィストに投げた。声はか細く弱々しかったが、怒りが支えていた。

「何もかもあんたのせいだ。あんな——知恵《ちえ》さえつけなければ」

「彼らを資本《もとで》に儲《もう》けたいと言い出したのは君だ」

とメフィストは静かに反論した。

「私はプロレスを勧《すす》めたが、君はレストランを選んだ。知恵がつけば自我が目醒める。自分たちの不死身に近い肉体と破壊欲は、鴨《かも》の蒸《む》し焼きのブルーベリー・ソース掛けでは解消できなかった。だが、そのはけ口の第一号が私とは出来すぎだ。君がそう仕向けたな」

宮迫は抗弁《こうべん》しかけたが、後ろめたげな表情がやめると伝えた。代わりに、

「そうだ――そうとも。僕が一生を懸けた新生命の誕生は、役立たずの木偶《でく》人形を生んだだけだった。先祖の遺産も土地も全て注《つ》ぎ込んだ結果がこれだ。少しでも元を取ろうと思うのが当たり前だろう。そこで、ある組織の依頼を受けたんだ。ドクター・メフィストを抹殺《まっさつ》してくれという依頼をな」

「ほお、それは〈区外〉の医師連盟かね」

京也が、はっとそちらを向いたとき、宮迫は自分の発言に移っていた。背後に立つふたりの若者の方へ、少し顔を曲げて、

「君から予約が入ったら、すぐ私に知らせた上で始末しろと命じてあった。だが、彼らには、私もあんたも同じ――自分たち以外の怪物に見えるらしい。駆けつけたら、このざまだ」

「君を引っ張り出した理由はなんだね？」

「人質《ひとじち》に決まってる。それなりに働くようになった脳味噌《のうみそ》の中では、僕もあんたも同じ穴のムジナ――一種の仲間と認識しているのだ」

「ふむ。世界一役に立たん人質だな」

「――助けてくれ。このとおり謝る」

この間、ふたりの生ける死者は、今にもメフィストへ躍りかかりそうな様子を見せながら、宮迫との会話を許していた。

京也にだけは、その理由がわかった。メフィストの眼光が、彼らを制しているのだった。死者に怯えはない。生ける死者とてそれは同じだ。

恐怖など無縁の死者を、しかし〈魔界医師〉の眼は金縛《かなしば》りにしているのであった。

「助けてくれ」

宮迫がもう一度言った。

「断る」

やっぱり、と京也が思ったとき、准教授の背後の

若者が、右手を彼の喉にまわして一気に掻《か》き切った。

刃物も爪もないのに、まばゆい鮮血《せんけつ》がどっと溢《あふ》れ出し、宮迫の上半身からさらに下へと滴《したた》り落ちていった。

2

同時に左側の若者が前方へ跳躍《ちようやく》の姿勢に移った。いや、実際に彼は宙に浮いたのである。

飛翔《ひしよう》の軌跡《きせき》を描く寸前、その首筋に木刀の切尖が吸い込まれた。

苦鳴をよじくれた身体で表現しつつ、彼は床へ落ちた。

殺人者も同じく前へ跳《と》ぼうとして、しかし、思いきり後方へジャンプした。

メフィストが前へ出たのである。

いつ伸びたのか、京也の眼にも留まらなかった右手から、白い光が若者の胸元へ吸い込まれた。彼は両掌《てのひら》を合わせてそれを受け止めた。

「ほお」

これは京也の声だ。死者の妙技《みようぎ》に対してのものかどうかはわからない。打ち倒したばかりのもうひとりが、このときすっくと立ち上がったからだ。

『阿修羅』が迸《はし》るより速く、彼は床とすれすれまで身を屈めるや、京也の腰に右の回し蹴りをかけてきた。

左の肘《ひじ》に凄まじい衝撃が加わった。

頭まで届いた痺《しび》れを、京也は胸部チャクラの回転で撥ねのけた。

念のパワーは若者の予想を超えていたに違いない。間髪入れず顔面を襲った左回し蹴りは大きく流れて、若者は二–三歩後退したが、体勢を取り直せずによろめいた。

その頭部に『阿修羅』が吸い込まれた。

白刃取《しらはど》りの要領で受け止めようとする両掌の間を、刀身はしなやかに抜けて、彼の頭部を打った。

「念を使わなければ、ただの人かと思ったが、剣の腕も大したものだな」

動かなくなった若者を冷ややかに見下ろしてこう言ったものの、メフィストの後方へ跳ねた生ける死人もすでに前へのめっている。拝《おが》み形の手はそのまま、メスは胸に食い込んでいた。

「受けたはずが、押し切られたか」

「このふたりが最後の刺客《しかく》らしい」

メフィストはこう言って京也の方へ眼をやり、

「痛めたかね?」

と訊いた。

「ああ。左手もやられた」

京也は派手に顔をしかめた。

「念法でなんとかなるかね?」

「痛みはな。だが、骨にひびが入って神経もイカれてる。右腕《みぎ》ほどじゃないが、なんとか動く程度だ」

「剣の技は振るえない、か」

「駄目だ」

メフィストの右手がしなやかに、しかし、動いたとも見せぬ動きで前方へ伸びた。

右手に忍ばせたメスの刃が指先から覗き——放たれる寸前で停止した。

どちらが先に仕掛けたにせよ、メフィストの鼻先に突きつけられた『阿修羅』の切尖が、医師の動きを止めたのは間違いがなかった。

「悪い冗談だ。おかしな夕食ですまない」

夕餉《ゆうげ》ともども、左腕が利かなくなったと言った京也を皮肉ったのである。

彼は右手を下ろして、床に倒れた宮迫准教授のところへ行った。

抱き起こす前に頭を持ち上げ、傷口をくっつけると、左の人さし指を近づけた。黒い石を嵌《は》めた指輪が光っている。その石で傷口をなぞると、頭から手を離した。頭は落ちなかった。

それから死者のように美しい医師は、准教授の耳に口を近づけ、何やらささやいたのである。

口が離れると同時に、宮迫の眼が開いた。

それが、名医に回復を告げられた患者ではなく、悪魔に呪われた再生を教えられた死者のような気がして、京也は眉を寄せた。

「すぐに緊急車《アンビユランス・カー》をまわす。ここにいたまえ」

虚ろな眼差《まなざ》しを前方へ向けたきりの友人にこう伝え、メフィストは立ち上がると、

「行こう」

京也をあとに戸口へと歩きだした。京也の方を見ようともしなかったのは、若者が何げない風を装いながら、両腕を波打たせるような痛みに耐えていると、見抜いていたからかもしれない。


レストランの玄関で、ふたりは足を止めた。

「迎えは頼んでいないが」

メフィストの声が、前庭とロールス・ロイスを埋め尽くすバイクとつなぎ姿のライダーたちに届いた証拠に、彼らの全身から噴き上げられていた殺意が、すっと消滅《しょうめつ》した。

だが、それを補《おぎな》うように、最前列のバイクが凄まじい排気音をたてたのである。

後列が——その後列が次々に和して、前庭は爆音と青煙とガソリンの臭いが舞い狂う舞台と化した。

メフィストの唇が、また動いた。

用があるのは私か、それとも?

彼の隣にいても聞こえるはずのない低声であった。

それなのに、聞くがいい。嵐のごときエンジンの狂奔《きようほん》は、みるみるうちに遠のき、消えていったではないか。

エンジンが自発的に止まったのではない。ライダーたちが停止させたのだ。ドクター・メフィストの声に怯えて。ここは〈新宿〉――魔界都市。そして、ドクター・メフィストは〈魔界医師〉と呼ばれているのだった。

恐怖さえ凍りつくような沈黙が数秒続いた。

ゆっくりとメフィストが階段を下りはじめた。

最前列のライダーが、

「用があるのは、あんたじゃねえ」

と言った。大観衆の前に初めて立ったのど自慢《じまん》の出場者のような声であった。

「ほお、すると」

振り返ったメフィストの前で、京也が苦笑を浮かべてみせた。照れ隠しというより、内心の焦《あせ》りを紛《まぎ》らわせたのだ。ライダーの数は五十人足らず。念法がある限り、どうということはない。だが、今、彼の両腕は、ほとんど使用不能の痛みに牙《きば》を立てられていた。

「十六夜京也だろ? 少し付き合ってもらいてえな」

リーダーらしい革ジャンが声をかけた。

「悪い友だちと付き合っちゃいかんと、パパの遺言《ゆいごん》でな。誰に頼まれた?」

「なあに、そこまで来りゃあわかるさ」

「断っておくが」

とメフィストが、またも世界を沈黙させた。

「彼は私の友人だ。一緒に帰るところだが」

ライダーたちの全身に戦慄《せんりつ》が鉄の翼《つばさ》と化してのしかかった。

ドクター・メフィストが友人と宣言した以上、京也を敵にまわすことは、〈魔界医師〉に刃を向けることを意味する。それは勝敗が明らかすぎる戦いであった。

だが——

「先に行け」

と京也が口にしたとき、ライダーたちに生気《せいき》の波が渡った。

「いいのかね?」

「こいつらは誰かに命じられておれを襲った。そいつの正体が知りたい」

「なんなら、私が訊いて——」

「おれの仕事だよ、ドクター」

「わかった」

メフィストの口元を誇《ほこ》らしげな笑みがかすめた。

「——では、私は失礼する。楽しい食事だった」

黒いケープが進むにつれて、ライダーたちが一斉に道を開けるのを、京也は小気味《こきみ》よい思いで見つめた。

ロールス・ロイスが走りだすまで、ライダーたちは硬直し、通りの奥にテールランプが消えると、待ち構えていたように殺気を噴出させた。

「さあ、もう強いお兄さんはいなくなったぜ、坊《ぼう》や」

とリーダーが喉を鳴らした。数を頼む自信が身体を熱くしている。

「おとなしくその辺の広場まで付き合いな。なあに、すぐに済む用さ」

「いいだろう」

と京也はうなずいた。

「だが、その前に訊かせてもらおう。誰に頼まれた?」

「いいだろ——教えてやる。名前は言わなかったが、コートを着た背の高《たけ》え外人さ」

「おれを殺せ、とか?」

「そうだ」

リーダーが白い歯を剝《む》いた。楽しそうである。初めての用事ではないらしい。

「そいつは、俺たちの別の仲間を使って、ある男を捜させてる。おめえは、その邪魔《じやま》なんだろうよ。ま、たんまりと前金《まえきん》を頂戴《ちようだい》したから、おれたちにゃどうでもいいこったがな」

京也の脳裏《のうり》にM・シンガーの顔が浮かんだ。

「んじゃ、付き合おう」

「乗んな」

とリーダーが、右方のバイクへ顎をしゃくった。

「いや、そこにある」

え? というライダーたちの表情が、どよめきに変わった。

京也が階段の上から彼らの頭上を軽々と越えて、その中央に着地してのけたのだ。

メフィストのリムジンが止まっていた場所に、誰も近づかなかったろうに、一台の自転車《チヤリ》が横たわっていた。いつリムジンから下ろしたのか、誰も知らない自転車を左手で起こし、京也は、

「いいぞ」

痛みを堪えて、不敵な微笑を浮かべた。大分、無理がある。

3

「ここでいいだろ」

そう言って、京也は軽やかに自転車を止めた。

レストランから一〇〇メートルばかり離れた廃墟《はいきょ》である。瓦礫《がれき》や土砂《どしゃ》の山は運び去られて、土面が剥き出しの広場は百坪《つぼ》もある。喧嘩《けんか》にはもってこいだ。

「おう、上等《じょうとう》だ」

バイクを止めて、片足をついたリーダーの声には、粗暴《そぼう》と狂気がたぎっていた。

「一応、おかしな術を使うたあ釘《くぎ》を刺《さ》されてるが、一対五十ならどんな技でも数で押しつぶしてやるぜ。五十台まとめて、放り投げてみっか？」

凄《すご》むリーダーの肩を、別のひとりが叩いた。

「なんだよ？」

「見て下さい、あいつ」

京也を凝視する眼には、驚きと恐怖が息づいていた。

「チャリのペダルに足乗せて、地面を踏んでません」

「──んっ？」

リーダーは思いきり息を呑みこんだ。次の台詞は、どう見ても空元気《からげんき》を振り絞《しぼ》った結果だった。

「たかがサーカスの真似《まね》じゃねえか。突っ殺しちまえ」

エンジンが咆《ほ》えた。どれも改造バイクだ。十馬力は引っ張る。パワーをコントロールし損なって、バイクごとビルへと激突する者も多い。

対決を前にして、京也にはある考えがあった。

それを試してみるときがきたらしい。

取り囲んだバイクが、猛々《たけだけ》しく周囲を巡りはじめた。

全身のチャクラが、後頭部と眉間を除いて紡《つむ》ぎ出す霊的パワーを、京也はある場所へ注いだ。

突如、絶叫が迸《ほとばし》った。人間より獣《けもの》に近い──殺し合いの合図だ。

ライダーたちの足が地を蹴った。

跳ね上がったバイクが、続けざまに京也へ落ちかかってくる。タイヤには妖物《ようぶつ》の装甲外皮《そうこうがいひ》が貼りつけてあった。幼児がひとこすりしただけで、象の皮でも剝がれてしまう。時速一〇〇キロのタイヤなら、人間の顔など半分だ。

だが、タイヤは土を撥ね飛ばした。

ライダーたちが頭上を振り仰ぐ。

少し蒼《あお》さを増した大空に、自転車が浮いていた。両足で軽く地を蹴っただけで五メートルも上昇したと知れば、彼らも眼を剝いたであろうが、その前に度肝《どぎも》を抜かれる羽目《はめ》に陥った。

京也を乗せた自転車は地面に落ちなかった。

真下のライダーの首筋にタイヤがぶつかるや、天《てん》馬《ま》のごとく舞い上がっては別のライダーを打った。

奇怪なのは、それだけでライダーが失神したのみか、バイクまでもがエンジン停止状態に陥ったことである。

若者たちが改造エンジンを吹かしてジャンプすれば、京也は間一髪で方向を変え、別の位置から宙を飛んできた別のバイクにぶつかってしまう。

長槍《ちょうそう》やチェーンを振っても、タイヤか京也の足に当たって、自分に跳ね返ってくる。たちまち黒血が地面に飛び、転がったバイクとライダーの上に、新人が降ってきて、骨折音が響き渡る。

京也が地面に下りたとき、ライダーたちの数は半減していた。

「危《やべ》え、化け物だ!」

「ずらかれ!」

次々にターンして走り去るライダーたちを見送りもせず、京也はリーダーに近づいた。

地べたに這《は》いつくばって逃げようとするが、両足の上にバイクがひっくり返っているせいで、動けない。

京也に気づいて、

「助けてくれ」

強気など欠片もない声で哀願した。

声はすぐ悲鳴に変わった。京也が自転車の前輪で首筋を踏みつけたのである。驚くべきことに、彼はハンドルも握っていない。足を地面につけてもいない。絶妙のバランスを取って、リーダーの動きを封じているのであった。

京也が試してみたいと思っていた技とは、両手を使わない——足だけで駆使する念法の実践《じっせん》であった。

「おれは暴力は嫌いだ」

と京也は重々しく言った。

「ど、どこが……だよ?」

リーダーはそれでも抗議した。

「たとえ〈魔界都市〉でも、こういうことをしたらいかんと思ってる。だが、降りかかる火の粉《こ》は払わなきゃならない」

「は、払いすぎだろうが」

「おまえたちにおれの始末を依頼した奴とは、何処かで会う予定か?」

「いや……金を貰って……それきりだ」

「嘘をつけ。金だけ貰ったおまえらが、ちゃんと仕事をする保証などあるもんか。前金だけだろ」

「違う……本当だ……おれたちも、金だけ貰って逃げるつもりだった……だけど、あいつは……ちゃんと見てるぞ……って……その声と迫力が凄くて……おれら完全にビビっちまった……」

リーダーの話を聞いている間も、京也の剣士=念法者としての五感は眠っていない。四方へ探知の糸を伸ばしている。

それより六番目が閃いた。

京也は身をひねって眼を凝らした。廃墟の出入り口ではなく、頭上へ。

京也に知られずそこまで近づいただけで、見事と言うしかなかったかもしれない。

大鷲ほどもある巨大な翼影は、間一髪、『阿修羅』の切尖を避けて上昇に移る寸前、光る筋を投じた。

全身のチャクラへ回転を命じたのは、京也の無意識の業であった。

視界は白く染まった。灼熱の色彩《いろ》であった。

広場の中央に直径二メートルほどの火球が生じた。

地に伏したライダーたちが何ひとつ理解できないうちに、それは広場を埋め尽くすほどに広がり、〈新宿〉の夜明けを飾る死の儀式《ぎしき》を挙行《きょこう》するのだった。


長身の外国人の国籍は、ギリシャだった。北の田舎《いなか》に貧農《ひんのう》の子として生まれ、十歳のとき、地主の子供たち十人と大喧嘩をやらかし、全員に重傷を負わせて、アテネへ出た。

不良からマフィアというお決まりのコースを辿《たど》る代わりに、ある老人と知り合った。限りなく暗い眼をした老人は、ナイフを手に財布《さいふ》を求める彼を片手で叩きのめし、待機していたふたりの男に手渡した。

彼らはプロのボディガード兼暗殺者の養成機関員であり、老人は訓練生調達のための囮《おとり》であった。

一日に十数名が死亡する激烈《げきれつ》な訓練をひと月耐えたとき、彼は自分が類稀《たぐいまれ》な素質を有する闘士《ファイター》だと知った。

二十歳を過ぎるまでに、手にかけた数は五十人を超え、精神《こころ》の痛みを感じたことは一度もない。

さらに十年を経て組織も抜けた彼には、フリーの労働者としておびただしい国からおびただしい依頼が舞い込んだ。今回もそのひとつであった。

米軍首脳のひとり娘に手を出した口八丁《くちはっちょう》手《て》八丁《はっちょう》の詐欺師を見つけ出して始末する――これまでのキャリアが泣くような仕事は、しかし、意外と――どころか前代未聞《ぜんだいみもん》の難事と化した。

何度追いつめても、いつものようにその場で止《とど》めを刺すことができないのだ。

女房《にょうぼう》、子供と会うまで待ってくれ、あるいは、年老いた両親に金を届けたらすぐ帰ってくる――どう聞いても逃げ口上《こうじょう》である。彼は待つ羽目《はめ》になり、再びジョニーを追わなければならないのであった。

しかも、彼の敵は、詐欺師ひとりではなかった。無関係なはずの人々が、詐欺師のひと言で彼の行く手を遮り、殴りかかり、銃を向けたのだ。〈百人町〉の飛行船の一件は、メフィストからの連絡で京也を尾《つ》けていた結果である。屋根伝いに逃亡する寸前《すんぜん》、敵は「解体屋」たちに、彼を襲いたくなるような暗示をかけた。彼でなければやられていたに違いない。そして、敵はまたも逃げおおせた。昨夜、占い師と情報屋を組み合わせて探《さぐ》り当てたという、ドクター・メフィストの案内で訪れた安ホテルからは、寸前で逃げ出したと同宿者が伝えた。

あとは帰るしかなかった。

〈歌舞伎町〉のラブ・ホテル街は〈魔震〉後再建されたが、四分の一ほどがマンションに変わった。うちひとつ――短期滞在《たいざい》用の一室を半月前払いで、彼は借りていた。

短期滞在用といっても、三十畳ほどのワンルーム・マンションは、調度品も完備し、それなりの快《かい》適《てき》さを保証《ほしょう》してくれる。

ドアに貼りつけておいた髪の毛に異常はなかったが、凄まじいスピードでドアを開けたのは、なんらかの手段で侵入した敵が、ドアの陰に隠れる場合もあるからだ。

ドアは途中で止まった。

1DKの部屋はひと目で見渡せる。部屋の真ん中のソファに腰を下ろした若者が、ハイ《HEY》と右手を上げた。

十六夜京也であった。

彼――M・シンガーは一瞬、全身に込めた力を抜き、苦笑さえ浮かべた。自然に浮かんだのである。それに気づいて、笑いはさらに深くなった。ドアを閉め、

「どうしてここへ?」

「〈新宿〉に半日も暮らせば、情報屋には全てが筒《つつ》抜《ぬ》けになるそうだ。おれにも知り合いがいる。少し太ってるけどね」

「……」

「あんた、ジョニーを捜してるんだってな? 理由も聞いた。目星《めぼし》はついたのかい?」

「残念ながら『ホワイト・チーチー・ホテル』を抜け出してからは、まだだ。おれが行く前にひと騒動《そうどう》起こしたという木刀ボーイは君だな」

「とぼけるな。知ってるから暴走族を雇ったんだろうが。しかし、いい度胸をしてるな。おれはドクター・メフィストと一緒だったんだぜ」

シンガーは少し沈黙し、

「あれから彼と会ったのか?」

「とぼけるなよ」

「とぼけてなどいない。君とドクターが会ったことは知らん。暴走族とはなんのことだ?」

「おいおい。あんたがフランス料理のあとに、腹ご

なしにと派遣してくれたチンピラどものことさ。しかし、無茶をする。いくら口止めだって、焼き殺すこたあないだろう」

シンガーは少しの間京也を見つめ、それからテーブルをはさんだ椅子に腰を下ろした。

「なんのことだ？　おれはジョニーを取り逃がしてから、真っすぐここへ帰ってきた。君も暴走族も知らん。口止めなどする必要はない」

京也の顔を動揺がかすめた。

暴走族のリーダーから聞いた凄味たっぷりの依頼人は、シンガーの他にない。

とぼけているのかと眼を据えたが、そうではないと勘が保証した。

——すると別人か。

「待てよ」

と口を衝《つ》いた。

「何をだ？」

今度はシンガーが睨みつけた。

「あんた、〝カダス〟について、どれくらい知ってる？」

「カダス？　あのテロリストか？」

「そうそう」

「人並み程度だが、それがどうしたね？」

「いや、暴走族の話からすると、おれも彼らも皆殺しにしようとしたのは、あんたしかいない。カダスは寄生体《パラサイト》だ」

「それは」

シンガーは絶句《ぜっく》した。初耳だったらしい。彼ほどの殺し屋がこんな反応を示すほど、カダスは謎に包まれた存在なのだ。次の言葉には嘘いつわりのない驚きが満ちていた。

「本当か。世界中の対テロ組織が血眼《ちまなこ》になって捜しても、見つからないわけだ。その辺の人間に取り憑いてテロを行い、終わったら別の人間に取り憑いて逃げればいい。正体を突き止められる人間など、まずいない」

感嘆《かんたん》の眼差しを京也に与え、

「アメリカ、ドイツ、フランス、オランダ、イギリス――全世界のテロ対策本部へ知らせたまえ。証拠さえあれば、最低でもドル建てなら百万を下らぬ賞金がかかっている。いくつかに売れば、億のドルが君のものだ」

京也はちょっと考え、すぐに、

「じゃ、シャーロック・ホームズごっこといこう」

と言った。

「なんだ、それは？」

「取り憑かれた覚えがないかと訊いても無駄だろう。離れたあとは、憑かれていた間のことは、すっぱり忘れてるみたいだからな。だけど、それが手がかりになる。あんた、ジョニーを見失ってから、真っすぐここへ帰ったと言ったな」

「ああ」

「おれは、あんたがメフィストの車から下りたのを目撃してる。それから今までざっと五時間だ。いい朝だな。この間、何してた？」

# 第九章　念法烈風《れつぷう》

## 1

「それは――」

　自信を持って答えかけ、シンガーはとまどった。表情が記憶との齟齬《そご》を伝えている。

「嘘はついていない。真っすぐに帰ってきた。間違いない」

「五時間」

　京也は、真っすぐ彼を見つめている。

「嘘をつくな」

　シンガーの声は呻きに近かった。

「人のせいにしない」

「そんなはずはない。おれは確かに真っすぐ……」

「メフィストと別れたのは、何時だった？」

と京也。

「――あれは……午前二時少し前だ」

「そこからここまで歩いても一時間はかからない。真っすぐ帰ってきたと言ったな？」

　シンガーはうなずいた。その両眼は、なおも凄まじい光を湛えて京也を睨《ね》めつけている。女子供なら泣きだしてしまうだろう。

　京也は立ち上がり、窓の方へ行った。

　下りているナイロンのカーテンを摑んで横へ引いた。

　光に満ちた室内で、シンガーはひとつ息を吐いた。

「じき、午前七時二十分だ」

と京也は言った。

「やはり憑かれてたな、カダスに」

「………」

「あいつは、この世界に生じた精神寄生体《スピリット・パラサイト》だ。理由もなく破壊と死を愉《たの》しんでいる凶悪な魔性だ。何がなんでも滅ぼさなくちゃならない。わかるだろ？」

「勿論《もちろん》だ。だが、おれにはまだ納得がいかん。君の罠《わな》とも限らんのだからな」

「こんな罠を張ってどうなるってんだい？」

今度は京也が苦笑する番だった。

シンガーがうなずいた。

「そのとおりだ。君は弟と同じ眼をしている。おれと違って、戦いが根っから嫌いな正直者だった。だが、自分が正しいと信じるためなら、誰も恐れなかった。素手でおれをKOしたのは、あいつだけだ」

「弟さんは——どうしてる？」

「もう二十年も前に死んだ。おれを狙ったイタリアン。マフィアの爆弾でな」

「それはどうも」

「だが、おれが憑依《ひょうい》されたからといって、またさ、れるとは限らないぞ。そもそも、カダスの性質や生理、行動パターンなどはわかっているのか？」

「イエイ」

京也はVサインをつくってから、上衣の内ポケットから棒状のボイス・レコーダーを取り出して、スイッチを入れた。

『テロリスト〝カダス〟について判明していること』

と京也の声が言った。それをぷつんと切って、

「おっと。これは、地球連邦政府情報局のおえらいさんから仕入れた情報から、おれが勝手に導いた結論だ。正しいかどうかは五分五分《ごぶごぶ》だぜ」

と、これは眼の前の京也の声である。

レコーダーに替わった。

『まず、過去に二名――犯行現場で事前に目撃された人物がいるが、どちらも逮捕寸前に自殺している。これは憑依体としての正体を明らかにしないための手段だろう。そのあとで犯行は行われているため、彼らがカダスと断定されることはないにもかかわらず、死亡させたのは、カダスの根性の悪さを物語る。

その二。カダスは少なくとも三日間、同じ人物に憑依していたと思われる事実がある。その期間に目撃された人物が、のちにカダスと断定されたのだが、初回の目撃時に警察に追われて逃亡。その後、二度にわたって別の土地での目撃例があった。行方《ゆくえ》をくらますなら、別の人間に乗り移った方がいいのは明白である。それをしなかったのは、その人物に乗り移らなければならない理由があったと考えられる。

一例として、一定の期間はひとりにしか憑依できないとか。しかし、これは某映画館で二名の男女に憑依した例があるため断定しない。

その三。今の例から考えて、カダスは、人間に憑依をせざるを得ない条件下にあると考えられる。逃亡時に人間でいるより、無可視の本体の方が、遙かに行動が自由なのは言うまでもないからだ。彼はなんらかの物理的行動を起こすためには、人間に憑依しなければならない。思念による破壊活動には、視界という限界距離があるからだ。カダスが爆薬などを使うケースは、視界に問題があったからだと思われる。その際に時限爆弾を運ぶのも、タイマーのスイッチをONにするのも、人間の手によるものだ。

ま、こんなところかな』

京也がレコーダーを切っても、シンガーは待たなかった。

「おれが〈新宿〉へ来て二日目だ。カダスは、またおれに憑く、と?」

「断定はできないけど――多分」

「では、どうする?」

「あんたの自由を奪わせてもらいたい」

「――そうくるか」

「どうかな?」

「断る」

シンガーは重々しく答えた。

「うぇえ」

京也は大仰《おおぎょう》に天を仰いだ。彼はこの殺し屋が嫌いではないのだった。

「おれには仕事がある。それは、どんな犠牲《ぎせい》を払ってもやり遂《と》げねばならんのだ」

「たかが、スケコマシ相手だろ。おれが代わりに捕まえるまで待てよ」

「依頼人に、この男は日本人の少年に捕まえてもらいましたと伝えられると思うか?」

「世界の一大事だ。なんとか妥協《だきょう》してくれよ、オッさん」

「断る」

とシンガーは繰り返した。

「それより、おれの仕事にも君が邪魔《じゃま》だということがよくわかった。おとなしくするのは君の方だ」

二組の双眸《そうぼう》が空中で見えない火花を散らした。

京也もシンガーも、今この場所で戦わざるを得ないと確信したのである。

どちらが、どう仕掛ける!?

不利は京也の方だ。右腕は動かず、左手の自由もままならない。それを計算した上での訪問だろうが、
勝機は何処にある?

シンガーが大きく後退した。床を蹴りざま、左手

が上衣の内側へと滑り込んだのは、武器を求めてのことだろう。その首筋へ、『阿修羅』が弧《こ》を描いた。完璧《ベスト》なスピードはすでにないが、間に合った。

がっくりと首を垂れたシンガーの身体は、椅子ごと壁にぶつかって止まった。

京也の手から『阿修羅』が音をたてて落ちた。

彼はかっと眼を剝いて、シンガーを見つめた。手――どころか、全身から力が抜けていく。これと同じ現象を一度だけ経験したことがあった。

――初めてシンガーとすれ違ったときだ！

二度目――飛行船に乗ったジョニーを巡っての対決のとき、シンガーは一方的に敗北を喫したといっていい。なぜ、初回の技を使わなかったのか？　答えはひとつ――最初のシンガーには、カダスが憑依していたのだ！

「わかったようだな」

低く低く、うつむいたシンガーの顔から、笑いを含んだ声が忍び出た。それはシンガーの声でありながら、彼の声ではなかった。

「カダス――いつの間に？」

「こいつが床を蹴ったときよ。よくおれのことを調べたものだ」

シンガー＝カダスは感心したようにうなずいた。

「確かにおれは、ある期間、いったん憑いた人間を変えることはできん。また、離れても一定の時間が経つと、戻らねばならんのだ」

「〈区外〉でおれと会ったよな」

と京也は念を押すように訊いた。

「確かに」

「あのとき、おまえはシンガーに憑依していた。シンガーにおれの念法を使用不能にする力はないから な。それなのに、映画館では子供たちに憑き、今またシンガーに戻っているのは、どういう理屈だ？」

「簡単な理屈だ」

と、カダスは笑った。

「映画館で、餓鬼《がき》どもに化けたのは、何処ぞやの病院を襲ってすぐ、シンガーへの憑依期間が切れたからだ。幸い餓鬼に憑く時間は短時間で済む。そして今、古巣に戻ったというわけだ。殺し屋に憑くテロリストの霊——ある意味、便利なカップルに違いない。また会えて嬉しいぞ」

「ちょい待ち」

と京也は鋭い声をかけた。

「どっかの病院？　おまえ、自分が爆破したところも忘れちまったのか？」

「忙しい身でな。いちいち覚えてはいられん」

「ふざけるなよ、この腐れ外道《げどう》」

胸に溢れる熱塊《ねっかい》を、京也は言葉に変えた。何日か前に池袋の名画座で見たやくざ映画の影響もある。

「貴様、他人《ひと》の生命をなんだと思ってるんだ？　病院を爆破して覚えてねえ？　いいだろう。亡《な》くなった人たちは忘れやしねえ。おれもそうだ。おれの名は十六夜京也。貴様に殺された人たちの生命と魂に代わって、今貴様を討《う》つ」

身に寸鉄《すんてつ》も帯びぬ、義憤《ぎふん》の挑戦であった。

身を屈めた姿が左手で『阿修羅』を握るのを見て、カダスの表情が一変した。彼のエネルギー吸収術は、京也の動きを完全に呪縛《じゅばく》するはずであった。

だが——

大きく跳躍するや、椅子のカダスへ一刀を振り下ろし、間一髪、身をひねってかわされた瞬間、着地した京也は大きく膝《ひざ》を崩した。

「思いどおりにはいかんな」

薄笑いを浮かべてカダスは、上衣の内側から三〇センチほどの円筒《えんとう》を取り出してひと振りした。

スライド式の警棒《けいぼう》を改造したものか、一メートルを超える長さに変わったそれを手に、ゆっくりと京也へ一歩を踏み出し——そこでよろめいた。手がかりを求めて左手を振りまわし、どっと床へ倒れた。

「やるな、十六夜念法」

振り絞《しぼ》った声は、苦渋《くじゅう》に満ちていた。『阿修羅』もまた凄絶なダメージを与えたのだ。

「ああ。貴様のぼったくり妖術とは訳が違うぜ」

と応じたものの、京也も動こうとしないのは、体内のチャクラの発動が不完全だからだ。息も絶え絶えといっていい。次の一撃を食ったら完全停止の恐れがある。頼みの綱《つな》は、「至高《しこう》」と呼ばれる後頭部のチャクラだが、京也のレベルでは最初から作動していない。

どちらも緊張の壁を盾《たて》に出方を計りかねていると、不意にチャイムが鳴った。

この場合、呑気《のんき》としかいえない声が、

「ミスタ・ジェームズ、朝からスンマセン。水道管の修理にきました」

言い終わらぬうちに、びゅっと空《くう》を切ったものがある。

『阿修羅』が閃き、打ち落としたものは、安物の灰皿であった。

だが、京也は再び猛烈《もうれつ》な脱力感に襲われて、木刀もろとも左手を床についた。カダスの技は、その手を離れた品にも伝わるのだ。

「ちょっと、何してんですか⁉　入りますよ」

鍵《かぎ》をがちゃつかせる音がして、ノブがまわった。

ドアを開いた途端、禿頭《はげあたま》の管理人は悲鳴をあげた。ふたつの人影が、両脇をくぐり抜けるついでに彼と配管工を撥《は》ね飛ばしたのである。

「こら、何すっだ!?」

方言《ほうげん》丸出しの怒声は、ふたりの駆け上った階段に当たって、虚《むな》しく撥ね返った。

2

ふたりは朝日の降り注ぐ屋上で対峙《たいじ》した。

階段を先に上がったのは京也だ。外での対決で、マンションの住人や通行人を巻き込まないためである。

「他人への配慮《はいりよ》もいいが――逃げられんぞ」

カダスが唇を歪めた。念法の一撃からはほとんど回復しているらしい。対して、

「お互いさまだよ」

言い返したものの、京也のチャクラの回転は極めて緩慢《かんまん》だ。今激突すれば勝負は見えている。死翼《しよく》の影は、十六夜京也を覆いつつあった。

カダスの右足が足刀と化して真横の防御壁《ぼうぎよへき》を襲った。表面の飾り石が砕《くだ》け、その破片をいくつか、彼は右手ですくい上げた。

「これをまとめて投げてみようか。ひとつでも当たれば、おまえは身動きもできなくなる。弾《はじ》き返しても、な」

そして、彼は右手を大きく振りかぶった。

眼は京也に据えてある。その視界に、何やら黒い点が生じた。

それは実に一キロ近い彼方《かなた》から飛んできたものであった。

さしものカダスも、状況の判断に混乱を生じさせたに違いない。

天翔《あまか》けるバイクとライダーは、今、ふたりの間に轟《とどろ》きをあげて着地した。

「おまえ――!?」

息を呑む京也へ、

「まかしとけ」

と車上で振り返ったのは、昨夜の〈悪魔教〉のボス――ミズキと名乗った女である。だが、声は――

「〃ライダー〃――戻ってきたのか?」

口元に微笑が刻まれるのを京也は感じた。

「ああ。借りを返したくてな。捜したぜ。〈新宿〉中飛びまわって、やっと見つけたのが今さっき、この屋上だ。タキのとこに戻り、取り憑いてから駆けつけたってわけさ。飛ばしてくれたのが、近くにいたアル中のおっさんだから、方角が心配だったが、無事到着おめでとうだ。あとはまかしとけ」

「よせ。おまえの仕事じゃねえ」

京也は焦《あせ》って止めた。〃ライダー〃も普通の存在とはいえないが、カダスはもっと物騒《ぶっそう》だ。


「たまには楽《らく》なさいな」

いきなり女の声に変わったので、京也は驚いた。

「はン?」

「あなたひとりで、世界の運命を引き受けることないわ。少しはあたしたちにも手伝わせて」

「君は?」

「昔はミズキ――今はタキ、だと思うよ」

「記憶が戻ったのか?」

「ううん」

娘は首を振った。朝日が茶髪を黄金に変えた。

「まだなのよ。でも、この人の話を聞くと、なんとなくあたしみたいだし、この人もいい人だから、まあ、いいかなって」

「おいおい」

「いいのよ。この人もあたしも承知《しょうち》の上なんだから。それに記憶喪失なら、いつか治るわ」

「メフィスト病院へ行きなよ。一発だぜ」

「ごめん。あたし、医者大っ嫌いなの」

「なら、治ってから助けてくれ。見ず知らずの君の手は借りられない」

「見ず知らずじゃないでしょ。水臭い人ね」

「いや」

「もうよせ。その身体じゃ無理だ」

タキの声は〝ライダー〟に変わった。

「それに、タキの身体は使わない。おい、カダスとかいったな。おれもおたくも似た者同士らしい。ひとつ素《す》でやり合おうじゃねえか?」

「断る」

「なにイ?」

「裸《はだか》で戦うほどの自信家ではないのでな。威勢よく助け舟を出したのはいいが、この男とそちらの娘さんが戦えばどうなるか、馬鹿でもわかりそうなものだ」

「てめえ、それでも男か?」

カダスは沈黙し、すぐに笑い声をたてた。

「男か女か? ——おれにもよくわからんのだ」

「とにかく、行くわよ!」

と叫んだのはタキだ。いや、〝ライダー〟の話から推測すれば、やはりミズキだろう。〈悪魔教〉のボスは、テロの憑依体など恐れてもいなかった。

「よせ、いくらなんでも無理だ。こいつは世界一凶暴なテロリストだぞ。下がってろ。〝ライダー〟止めるんだ!」

このとき、京也はすでにかすかな歌声を耳にしていた。カダス=シンガーがよろめいた。曲は『ダニューヴ河のさざなみ』であった。

エンジンが咆哮した。

距離は五メートルもない。タキのブーツが床を蹴るや、バイクは軽々と宙に舞って、カダスの顔面へと襲いかかった。

タイヤには製造時からガラス片、鉄片がまぶしてある。ひとこすりで人間の顔など半分になってしまう。

寸前、カダスは垂直に躍り上がりざま、右手の特殊パイプをタキの頭上へ振り下ろした。タキの死の歌声は短すぎたのだ。空中ではかわす術《すべ》もない一撃であった。それが頭部へ吸い込まれるより速く、バイクの排気筒《エグゾースト・ノズル》が斜めに火を噴いた。

グォン。

ブースターの怒号《どごう》だった。パイプの軌跡《きせき》はタキの頬《ほお》をかすめ、バイクの車体は弧《こ》を描いてテロリストの胴に激突した。

吹っ飛ぶカダスが昇降口の壁面に叩きつけられたとき、バイクは飛行艇《ひこうてい》のように舞い降りている。

「やったあ！」

ガッツ・ポーズをとるタキへ、

「危ない！」

京也の声が。同時にタキの顔は血飛沫《ちしぶき》と化して四散した。

パイプを投げた姿勢で、カダスは壁から滑《すべ》り落ち、もたれかかる格好で止まった。

タキの死を目撃した瞬間に凍りついた京也の時間が、このとき動きだした。チャクラが正常にまわりはじめたのだ。カダスの術が解けかけたこともあるが、骨まで灼《や》く怒りと哀しみがその原因であった。

戦いにおいては灼熱《しゃくねつ》の闘士であると同時に冷静この上ない知将であったこの若者が、野獣のような怒りに身をまかせて、カダスへと突進した。

その頭の中へ、

〝よせ〟

と〝ライダー〟の声が鳴り響いたのである。無視して走った。左手の『阿修羅』が高々と上がる。

「よせ」

――と今度はシンガーの声であった。

「奴は逃げた」

弱々しく片手を上げて制するシンガーの言葉に嘘はないと一瞬に見抜いて、『阿修羅』は壁と床とに深い溝を掘って止まった。

「おれは――おれの仕事だと――」

〝わかってる。おまえのせいじゃない。おれがいちばんよくわかってる。タキも悔《く》やんでやしない〟

「そんなこと、おまえにわかるのか？」

『阿修羅』が躍った。

〝よせ!?〟

声が遠ざかった。

〝それで打たれれば、おれも危ない。落ち着け。おまえより辛《つら》い奴がいるぞ〟

それこそ憑《つ》きものが落ちたように、京也の全身から力が抜けた。棒立ちになった姿は、まさしく抜《ぬ》け殻《がら》であった。やっと、彼は悲劇の主人公が誰かに気づいたのだ。

〝タキの身体を頼めるか？〟

と声は訊いた。

「……」

〝答えろ。どうなんだ!?〟

叱咤《しった》が京也の気力を揺さぶった。

「――大丈夫だ。まかせてくれ」

〝なら、おれは行く。あいつを捜しにな〟

「危険な相手だぞ。ひとりで戦おうと思うな。見つけたら、おれにまず連絡しろ」

〝悪いが断る。これこそ、他人の手を借りねえ。その代わり、片づけたら真っ先に知らせるぜ〟

「待て」

空中へ伸ばした手は、すぐに力なく下りた。〝ライダー〟は去《い》ってしまったのだ。

チャクラの動きは快調であった。京也の意志とは無関係に、全身に力が満ちてくる。

「やめろ」

京也は片膝をつき、『阿修羅』で身体を支えた。

「やめろ、やめろ、やめろ」

力強い存在に、今なってはならないと、京也は眼を閉じ、全身に命じていた。

史上最も若い救世主がようやく気を取り直したとき、シンガーの姿は何処にも見えなかった。

3

山科局長にタキの遺体を預け、同じマンションの一室で事情聴取《ちょうしゅ》に応じてから、京也は意外な人物と遭遇《そうぐう》した。

局長に同行してきたさやかである。

京也を見つめる眼には、電話の声とは別人のような痛ましさが滲んでいた。

「どうしてここに？」

「山科さんが連絡をくれたんです。怪我はしていないけど、ひどいダメージを受けているようだって」

「少しね」

京也は薄く笑った。

「本当にひどいわ。見ればわかります。一緒に病院へ行きましょう」

「まだ、テロの後片づけで忙しいはずだ。やめとくよ」

「別棟《べつむね》で治療は続けてます」

「悪いけど信用できない。君はジョニーと――」

「あの人の暗示はもう解けました。見て下さい」

京也のよく知っている明るい声と表情であった。救われる思いだった。

「その腕を治療してきたらどうだね？　せっかくの申し出だ。『慈善病院』の設備は、『メフィスト病院』より上だとも聞いている」

山科局長も勧めた。

さらに両腕の痛みが京也に決断させた。

情報局差しまわしの車で『慈善病院』へ着くまでの間、京也は眠ろうとしたが、痛みがそれを許さなかった。

破壊されたロビーを修復中の本館の裏手――一号別棟とプレートされた建物には、医師と患者たちが溢れていた。

外科で診察を受け、すぐにナノ手術《オペ》ということになった。


「五分ですむよ」

と担当の医師は笑った。

極微機械手術《ナノ・メカ・オペレーション》と呼ばれるオペは、十億分の一メートルの超小型手術機械を患者の体内へ送り込み、手術を行わせるもので、世界各地で実用化されているが、〈新宿〉での使用は街全体が放つ妖気によって機械が能力以上の闇の成果を挙《あ》げる場合が多く、全世界の注目を集めていた。時間が半分ですむのである。ただし、治療した胃が異様な食欲を示し、患者の体重がひと月で十倍に増えたというような事態が頻発《ひんぱつ》し、こちらの方面ではありがたくない評判を取るにいたったたが。

この病院がカダスの魔手にかかっていなければ、京也は右肩の治療を、この術式で受けていたのである。

簡単な全身チェックを行った後、京也は手術室へ入った。

医師と二名の看護師は、あくまでも補助の域を出ない。主役はナノ・メカだ。

手術台に横たわると、麻酔《ますい》用のマスクが鼻と口を覆った。

大きく息を吸い込むや、京也は眠りに落ちた。

脈搏《みゃくはく》と血圧を看護師がチェックし、医師にうなずいてみせた。

「よっしゃ。これで籠《かご》の中の鳥だ」

眼だけしか見えない大きなマスクを外すと、ジョニーの顔が現れた。

「よくやってくれたぜ、さやか」

かたわらの看護師もマスクを外した。さやかである。

「わたくしとあなたとの仲を裂く邪魔者、やっと追い込んだわ。ね、どうするの？」

「そうさな」

ジョニーは勿体《もったい》ぶって腕を組んだ。

「ここで始末して、下水に流してもいいんだが、何しろ病院だからな——まあ、名前も借りたし、なんとなく憎めねえ。そうさな、二度と棒を振りまわせねえ身体にして放り出すことにするか」

「なら、腱《けん》でも切断しておきますね」

「よかろう」

さやかはナノ・メカのコントロール・パネルのところへ行き、スイッチを入れた。

ベッドが前方へ移動し、白色の円筒——ナノ・ステーションに吸い込まれた。

五分が経過した。

「OKです」

「よし、放り出せ」

「誰をだよ？」

ジョニーは愕然《がくぜん》と振り向いた。

ステーションから出たベッドの上に、京也が起き上がっていた。両肩をまわして、

「オッケーだ。ありがとう、さやかちゃん」

と微笑した。

首をひん曲げ、さやかも微笑んでいるのを見て、ジョニーは泡を吹いた。

「て、てめえは——まさか、おれの口説《くど》きが効かなかったのか!?」

「ごめんなさい」

さやかは本当にすまなそうに頭を下げた。

「ここへ来る途中、みいんな京也さんに話しました」

「——いつ、解けた?」

「最初から」

「何イ?」

「あなたは京也さんが自分とわたくしとの仲を裂くから冷たくしろっておっしゃいましたけど、わたくし、そんな話、少しも信じておりませんでした。ただ、こういうことをする人は絶対に何か企《たくら》んでる。京也さんに害をなす方だと思いましたから、信じたふりをして様子を窺《うかが》っていたのです」

「………」

呆然とするジョニーに、もうひとりの看護師が近づき、手錠《てじょう》をかけた。マスクの下の顔は、精悍《せいかん》な女性であった。IDカードを示しながら、

「〈新宿警察署〉の美月《みづき》刑事です。〝騙し屋ジョニー〟ことジョニー草刈《くさかり》。結婚詐欺その他の容疑で逮《たい》捕《ほ》します」

しかし、手錠も刑事の宣言も、ジョニーの興味の対象外らしかった。ただひとつの関心を、彼は口にした。

「どうして、おれの口説きが通じなかったんだ？　どうして……」

その肩を、とんとんと木刀の先で叩いて、

「愛だよ、愛」

と京也は重々しい表情で言った。

「そうかもしれないわね」

美月刑事も小さく同意して、

「羅摩さん以外は、みんなあなたの口車《くちぐるま》に乗っちゃってましたからね。でなきゃ、こんな手術の準備できっこない。正直、背筋が寒くなったわ。でも、術じゃない以上、本物のハートを分かち合った恋人同士には、通じなかったってことね」

「――なるほどな。こいつぁ敵《かな》わねえ。今の今まで、ひとりだって、そんな奴いなかったのになあ」

三人は驚いた。ジョニーがにっこり笑ったのだ。それは赤ん坊のような無垢《むく》の笑《え》みであった。

「負け惜《お》しみじゃねえよ」

と稀代《きたい》の天才詐欺師は三人を見まわしてうなずいた。

「おれは今無性《むしょう》に嬉しいんだ。どうやら、腹の底で人間ってやつに絶望してたらしいぜ。それが今、ひっくり返されちまった。お嬢ちゃん、羅摩さんつったっけな、礼を言うぜ」

それから京也を見て、

「こんな娘に惚《ほ》れられるたあ、おめえも大した男だな。化《ば》けた甲斐《かい》があったぜ。縁があったら、また会おうや」

呆れるほど潔《いさぎよ》く言い放つと、自ら刑事を促してドアの方へと歩きだした。

その後ろ姿を見送ってから、京也はさやかの方を振り向いた。なんだか随分《ずいぶん》と久しぶりのような気がした。

「大丈夫です。手を握られただけで、キスもしてません」

京也があんぐり口を開けているので、ようやくミスに気がついたらしい。みるみる赤くなった。

「あの、あの、あの、わたくし――」

京也もようやくあわてて、

「いや、いいんだ。気にしないで。信じてるから」

「え？」

「いや――その」

どっちもアタフタしていると、

『内部《なか》のふたり――用がなければ、さっさと退室して下さい。聞いてられませーん』

外からモニター・チェックしていたらしいロボット技師の声が降ってきた。

真っ赤になって手術室を出てから、京也はあっと指を鳴らした。


ジョニーは混乱していた。

パトカーは〈新宿通り〉を〈四谷ゲート〉方面へと向かっている。彼の隣に美月刑事はおらず、ハンドルは制服警官が握っていた。

その警官が曲者《くせもの》であった。

腕によりをかけた、逃がしてくれたら結婚するの口説き文句も、耳栓《みみせん》をした美月刑事には通じず、しかし、彼を乗せるや、パトカーは刑事を残して急発進してのけたのである。

おい、と声をかける前に、

「しゃべったら殺す」

と殺気満々の声で告げられ、

「おめえは――シンガー⁉」

と呻いたきり、ジョニーは沈黙せざるを得なかった。

「これからの予定を教えてやろう」

と警官に化けたシンガーは、バックミラーの中で冷たい表情を崩さずに宣言した。

「いちばん近くの〈亀裂〉まで行って、おまえを放り込む。安心しろ。その前に息の根は止めてやる、一発でな」

「やめて――」

途端に、肩に一発食らった。シンガーが肩越しに放った消音器《マフラー》付きの自動拳銃だ。痛みに耐えながら、古臭い武器を使うな、と思った。

「運ぶ手間を省《はぶ》くために、殺すのは〈亀裂〉のそばだ。それまで生きていたけりゃおとなしく座ってろ。コンクリートに叩きつけられた痛みを堪《こら》えて、あの坊やを尾行してたんだ。わざわざ名前を使うほどの相手だ。絶対、おまえが現れると思ってな」

シンガーは時折、後方を確かめたが、尾けてくる車はなかった。あの若者が女刑事から話を聞いても、手の打ちようはないはずであった。

応答せよとの連絡が本部から入っても無視した。

スムーズに〈四谷ゲート〉近くの〈亀裂〉の前へパトカーを停め、ジョニーを引きずり出して、防護柵の前に立たせた。人けはない。〈亀裂〉を安全に覗き込むための観察台は、ずっと離れている。

「やめてくれ、おい」

両手を伸ばして哀願するのへ、銃口を向ける――その手に凄まじい衝撃が走った。

落ちた銃を拾うのも忘れ、シンガーは、かたわらに立つ学生服姿の若者を呆然と見つめた。

当然だ。十六夜京也がそこにいた。

「説明しとくよ」

と若い念法者は、明るい声で言った。

「あんたの盗んだパトカーの現在位置は、車自体から〈新宿警察署〉へ逐一《ちくいち》、報告されるんだ。他のパトカーが追っかけなかったのは、ジョニーが殺されるのを警戒してさ。代わりにおれが来た」

「どうやって？」

「誰も知らないから、調べがつかなかったんだろう。おれ、遠隔移動《テレポート》が使えるのさ」

「………」

「いつでもOKってわけじゃない。よほどのときだ。人が殺されかかった場合もなんとかなった」

京也は笑顔を崩さず、

「あんたに恨《うら》みはない。それより、もう少し付き合ってもらいたいな。カダスが取り憑くまで」

ふたりの間を何度か風が吹き抜けた。

「――わかった」

とシンガーが力なくうなずいたとき、何台ものパトカーがサイレンなしで駆けつけた。一台から美月刑事とさやかが下り立った。警官が走り寄る。

「行こう」

京也に促《うなが》されて彼らの方へ向かって歩きだし――

シンガーの足が止まった。

戦慄《せんりつ》が京也を捉えた。

何処かサバサバした殺し屋の表情は、不気味に歪んでいた。

「帰ってきたぞ」

と彼はカダスの声で言った。

「あの屋上で処分した女の恋人か――おれと同じ類の奴に追われて苦労した。ま、なんとか片づけたがな」

京也の眼に驚きが炸裂《さくれつ》し、ついで哀しみが広がり、そして、凄まじい光を帯びた。生まれて初めて、身を灼くほどの憎悪《ぞうお》を彼は感じた。

「さて、この殺し屋に宿を借りる時間は、今日の正《しょう》午《ご》で切れている。本当はこのまま消えてもいいのだが、この辺の目立ちたがりが、おれの悪いところでな。どうしても、おまえを戦々恐々《せんせんきょうきょう》とさせずにはいられんのよ。今日、これからおれは新しい宿主に憑いて、隠してある核弾頭を爆発させる。〈魔界都市〉といえど、ひとたまりもないぞ。そこから何が生まれるかはわからんが、世界が味わったことのない混沌《こんとん》が生じるのは確かだろう」

「やめろ、このトンチキめ」

呻く京也へ、カダスは白い歯を剝いて、

「カダス――〝混沌〟か。いい名前だ。おれは多分、そこから生まれてそこへ帰る。人間と文明を道連れにな。では、さらばだ。早いとこ〈新宿警察署〉へ渡りをつけて、全〈区民〉を洗うことだ。断っておくが、弾頭は小指の先ほどしかない。電子処理をして服《の》み込んでしまえば、どんなチェックにもかからんし、誰も知らん〈亀裂〉への抜け道も確認済みだ。健闘を祈る」

声が消えた。シンガーがよろめく。

気配も知れず、京也は『阿修羅』を振りかぶった。シンガーの頭上へ打ち込むつもりだった。無論、確信などない。

「やめて」

なんとも甘い声がその足を止めた。全員が見た。右肩を血に染めながら、恍惚《こうこつ》たる表情を浮かべているジョニーを。

電撃が京也の頭をかすめた。これが、女ばかりか大の男をもたぶらかしてきたジョニーの秘密なのだ。

「行っちゃやぁん。出てったら、付き合ってあげない。返事してぇ」

まさか――応《こた》えがあろうとは。

シンガーの頭上やや右寄り三〇センチばかりの空

間から、テロリストもへちまもないとろけた男の声が、

「余計な真似《まね》を――おれは――行くぞ」

間髪入れず、京也は跳躍した。その眉間にかがやく光――黄金のチャクラであった。

シンガーの頭を避《よ》けて、斜めに降り下ろした軌跡《きせき》の中心から、凄まじい苦鳴が迸《ほとばし》った。

京也が着地する前に、それは天に向かって噴き上げ、あっという間に消滅した。

「やった！」

声は四つの口から漏れた。ジョニーとシンガーと美月刑事、そして、さやかから。

十六夜京也、世界の危機を三度《みたび》救う。

さやかが抱きついた。その背中に手をまわしながら、彼はジョニーの方を向いて、

「助かったよ」

と言った。

「なあに。いい思いをさせてくれた礼さ」

答える男の両手に、美月刑事の手錠が下りた。シンガーを取り囲んだ警官たちが、パトカーの方へ歩きはじめた。

「また会おう」

殺し屋の声に、京也は右手を上げた。

「おれも、な」

とジョニーがウインクをしてみせた。

「今度は、あんたをひっかけてみせるぜ」

京也は苦笑した。殺し屋にも詐欺師にも愛される男が、十六夜京也なのだった。

しかし、蒼穹《そうきゆう》の下で、ふさわしからぬ沈黙が彼を抱いていた。〝ライダー〟とタキは、帰ってこないのだ。

「京也さん」

さやかの声に、彼は胸元の熱い瞳に気がついた。

「いつでも何処でも辛いことばかり——でも、行きましょう」

「何処へだい?」

つい、訊いてしまった。

「わかりません。でも、一緒に」

澄んだ瞳に映る自分の顔が、静かにほころんでいくのを京也は見た。

「じゃ——行こう」

ふたりは歩きだした。

十六夜京也——殺し屋にも詐欺師にも愛される男。

そして、さやかにも。

# あとがき

なんということだろう。

「魔界都市〈新宿〉」が発売されてしまった。しかも書き下ろしである。

私の〈魔界都市〉シリーズは、実はふたつある。

S社その他で書きつがれている「魔界都市ブルース」「魔界医師メフィスト」「魔界都市ガイド鬼録」etc.のシリーズ群で、目下《もっか》の私の看板である。〈魔界都市〉といえば、ほとんどの方がこちらの〈新宿〉を思い出すだろう。

しかし、そもそも〈魔界都市〉なるものの原点は、もうひとつのシリーズ第一作なのである。

朝日ソノラマ文庫刊『魔界都市〈新宿〉』こそ、全ての始まりであった。

剣法でいう「江戸柳生《えどやぎゅう》」と「尾張柳生《おわりやぎゅう》」——始祖・柳生石舟斎《せきしゅうさい》の五男・宗矩《むねのり》が継いで盛名を誇った「江戸柳生」に対し、嫡孫《ちゃくそん》・兵庫介利厳《ひょうごのすけとしよし》が後継者となった、我らこそが本流であるとする「尾張柳生」との確執《かくしつ》を例にとれば、朝日ソノラマ版の方が正統なのである。

それが、二十五年の執筆活動において、本篇を入れて三作しか書かれていないのは、私の苦手なSF的設定が根にあるからだろう。はなはだ正直に書くと、私は「トーキョー市《シテイ》」とか「世界連邦政府」とか記すのが、面映《おもはゆ》くて仕方がないのである。中高時代にゾクゾクしたこれらのアイテムが、いつの間にかオモチャをいじっているように感じられるのは、年齢のせいだろう（ま、今でもこういう設定を使うジュブナイルがあるかどうかは疑問だが）。まったく年は取りたくないものである。

　秋せつら、ドクター・メフィストらが活躍するS社版「魔界都市」シリーズが多くのスピンオフ作品を生み出したのに対して、朝日ソノラマ版は、A書店のコミック「魔界都市ハンター」と、アニメ版「魔界都市〈新宿〉」に留《とど》まる。


　しかし、最も大きな理由は、やはり〝優等生的なジュブナイル〟という枠組みにあるだろう。

「魔界都市〈新宿〉」執筆に際して、私はいわゆる〝心正しく勇気ある少年少女が悪と戦う〟ジュブナイルの定法を取り入れた。以後の私の作品を読んだ方は、こんな良い子向きの作品を？　と驚くに違いない。

　それについて後悔はしていないが、やはり、自分の本質じゃないなという感じは否《いな》めない。こうして、朝日ソノラマ版「魔界都市」シリーズは、初作の六年後に「魔宮バビロン」を生んだのみで、本篇「騙し屋ジョニー」を待つことになったのである。

　それでも、私らしいところがないでもない。主人公・十六夜京也が、やや不良っぽいところが、その代表だろう。この部分を拡大すると、後年の〝D〟や〝秋せつら〟S社版の〝ドクター・メフィスト〟になるのである。

　だから――というわけでもないが、本篇「騙し屋ジョニー」執筆に際して、私はヒーローとヒロインふたりの性格を少々変えてみた。どう変えたか、その結果は、中身に眼を通していただきたい。

もうひとつ——脇役陣もいつもと違う。

前二作の悪役その他が、どちらかといえばステロタイプを踏襲《とうしゅう》しているのに比べ、今回の〝ライダー〟や殺し屋シンガー、テロリスト・カダスらは、一癖《ひとくせ》も二癖もある連中だ。その個性《キャラ》で読者を籠絡《ろうらく》せんものと手ぐすねを引いている。それだけでも読み応え十分と保証します。

驚くべきことに、原稿用紙を前にすると、ペンは（手書きである）前二作よりも快適に進み、私は口笛を吹いた。

眉を寄せ、苦虫《にがむし》を嚙みつぶしたような顔での執筆は、このシリーズに似合わない。「騙し屋ジョニー」を読んだ方は、必ずやこの意見に与《くみ》してくれることだろう。

二十年ぶりの朝日ソノラマ版〈魔界都市〉シリーズ第三弾。

一気にお読み下さい。

〇八年二月末近く
「エスケープ・フロム・L.A.」を観ながら

菊地秀行

SONORAMA NOVELS

騙《だま》し屋《や》ジョニー —魔界都市〈新宿〉—

二〇〇八年三月三〇日　第一刷発行

著者　菊《きく》地《ち》秀《ひで》行《ゆき》

発行者　矢部万紀子

発行所　朝日新聞社
郵便番号　一〇四-八〇一一
東京都中央区築地五-三-二
電話（〇三）三五四五-〇一三一（代表）
振替〇〇一九〇-〇-一五五四一四

印刷製本　図書印刷株式会社



ISBN978-4-02-273823-3
＊定価はカバーに表示してあります